Hrsg.

Maria A. Sinning

Leben im Limit

AF281780

Limitkünstler:innen

Leben im Limit

Erzählungen und Gedichte

Hrsg. Maria A. Sinning

Impressum

Bibliografische Information der
Deutschen Nationalbibliothek:
Die Deutsche Nationalbibliothek verzeichnet diese
Publikation in der Deutschen Nationalbibliografie;
detaillierte bibliografische Daten sind im Internet
über http://dnb.dnb.de abrufbar.

Lektorat: Ruth Schäfer M.A.

Cover- und Bildgestaltung: Verena Meyer nach einer Vorlage
von Sabina Iwona Pawlowska

Herstellung und Verlag:
BoD – Books on Demand, Norderstedt

ISBN: 978-375-832-829-9

INHALTSVERZEICHNIS

Vorwort

Buchwunder und Wunderbuch

Vor Jahren kaufte ich einmal Samen für Cocktailtomaten. Für das kleine Tütchen hatte ich einen stolzen Preis bezahlt, und zuhause stellte ich obendrein fest, dass nur vier oder fünf Samen darin enthalten waren. Immerhin - die Cocktailtomaten wuchsen, schmeckten und erfreuten mein Herz. Im Herbst dachte ich: „Schade. Nun ist es vorbei mit den teuer erkauften Tomaten."

Im nächsten Frühjahr aber geschah das Wunder: Einige Tomaten waren auf den Boden gefallen und hatten sich selbst ausgesät. Nun wuchsen und wucherten sie das komplette Hochbeet voll. Für meinen Garten waren es eindeutig zu viele. Und so begann ich, Setzlinge zu verschenken. Seitdem wachsen Jahr für Jahr Tomatenpflanzen im Stadtteil. Längst verschenken auch meine Nachbarn ihre Setzlinge weiter. Und manchmal bekomme ich ein kleines Schälchen Cocktailtomaten geschenkt: „Das sind die Enkel Ihres Setzlings", höre ich dazu und freue mich. Nichts ist schöner, als etwas Gutes auf den Weg zu bringen, und es macht sich von allein auf die Reise um die Welt, wächst und gedeiht, bringt selbst wieder Gutes auf den Weg – längst unabhängig von mir.

So ähnlich erging es mir auch mit dem Schreibprojekt „Limitkunst". Ich hatte gerade meinen ersten Krimi geschrieben und damit der, an Long Covid erkrankten und frühpensionierten, Kommissarin „Kristin Neven" eine eigene Geschichte geschenkt und anschließend noch eine Long Covid Kurzgeschichte bei einem Schreibwettbewerb eingereicht. Nun wollte ich mehr Long Covid Literatur. Zu diesem Zweck suchte ich in der Facebook-Gruppe von Long COVID Deutschland nach Gleichgesinnten, die Lust hätten, gemeinsam einen Band mit Kurzgeschichten zu veröffentlichen. Ich hatte mir vorgestellt, vielleicht fünf bis zehn von Long Covid betroffene, schreibfreudige Menschen zu finden. Mit denen wollte ich mich etwas absprechen, damit die Geschichten ungefähr zusammenpassen. Weiter ausgereift war meine lose Idee nicht. Stattdessen zählte die für diesen Zweck gegründete Schreibprojekt-Facebook-Gruppe bereits nach 24 Stunden über fünfzig Mitglieder und hat sich inzwischen bei fast einhundert eingependelt.

Schon wenige Stunden nach Eröffnung der Gruppe kam zum ersten Mal die Frage auf: Wohin kann ich meine Texte schicken? Das war der Moment, in dem mir klar wurde: Diese „Literatur-Pflänzchen" sind zu groß für meinen Garten. Das kann ich nicht allein beackern. Zum Glück hatten Mitglieder der neuen Gruppe ihre Hilfe angeboten. Darunter waren zwei Personen, bei denen ich den Eindruck hatte: „Die können genau das, wovon ich keine Ahnung habe." Ruth Schäfer hatte sich als Lektorin geoutet, ich hoffte also darauf, dass sie etwas vom Büchermachen versteht. Und Andrea Tag wirkte unglaublich strukturiert und mit echter Begabung, Pläne nicht nur zu schmieden, sondern auch noch bis ins Detail umzusetzen – also das komplette Gegenteil von mir. Und so war es auch. Die beiden erwiesen sich als echter Glücksfall für unser Projekt, das nun den Namen „Limitkunst" erhielt.

Limitkunst, weil alle, die mitschreiben, in ihren Kräften von Long Covid limitiert sind. Aber sie erschaffen innerhalb dieses Limits große und kleine Kunstwerke. Mehr Informationen finden Sie auf limitkunst.de. Einen Sammelband dieser Kunstwerke halten Sie gerade in der Hand, 49 Texte von 34 Limitkünstlerinnen und -künstlern: „Leben im Limit".

Längst aber ist die Limitkunst auch über die Gärten von Andrea, Ruth und mir hinausgewachsen. Schon bei der Entstehung dieses Buches haben sich viele weit über ihre eigenen Texte hinaus eingebracht, haben andere beim Schreiben unterstützt, Korrektur gelesen, die Werbung auf den Social-Media-Kanälen gepflegt, sich an Ideen fürs Cover und am Buchsatz beteiligt. Thorsten Weber, Katrin Ring und Heidi Terpoorten haben mit Ruth zusammen alle Texte gelesen und Rückmeldungen gegeben. Anna Wild und Lucia Boll kümmern sich zusammen mit Andrea um den Social-Media-Auftritt, Verena Meyer hat das Cover und die Grafiken im Buch erstellt. André Polis verleiht den Texten seine Stimme, sodass ein Hörbuch entsteht.

Und längst wachsen Dinge, ohne dass wir drei sie vorher beackern mussten. Judith de Gavarelli ist die Initiatorin einer Schreibreisegruppe, aus der wöchentlich spannende Texte hervorgehen. Impulse für den individuellen Schreibprozess der Betroffenen geben die Schreibspuren, die abwechselnd von ihr und Verena entwickelt und angeboten werden.

Andere Mitglieder unseres Projekts hatten eigene Bücher bereits fast fertig, und ließen sich durch Limitkunst ermutigen, sie nun auch zu veröffentlichen. Wieder andere haben durch ihren Beitrag für dieses Buch den Mut gefunden, weiterzuschreiben. Um die

Verbindung der Veröffentlichungen untereinander sichtbar zu machen, erscheinen sie in der Reihe „Edition Limitkunst" mit einem gemeinsamen Logo. Zum Thalia Storyteller Award trugen bereits zehn Bücher das Logo der „Edition Limitkunst". Und die Reihe wächst weiter[1].

All das ist umso erstaunlicher, führt man sich die Krankheit vor Augen, die uns verbindet: Long Covid. Unter diesem Sammelbegriff wird alles aufgeführt, was vier Wochen nach der akuten Infektion mit dem Coronavirus noch Probleme bereitet. Darunter fallen im günstigsten Fall leichte Beschwerden, die nach einigen Wochen von allein wieder verschwinden. Long Covid beinhaltet aber auch Folgeprobleme einer Behandlung auf der Intensivstation im Krankenhaus oder bleibende Atem- und Herzprobleme. Zuletzt aber haben auch diejenigen Long Covid, die die Krankheit ME/CFS (Myalgische Enzephalomyelitis/Chronisches Fatigue Syndrom) entwickeln. ME/CFS ist zwar bereits seit den 1960er Jahren als Folgeerkrankung von Viren- und Bakterieninfektionen beschrieben, wurde bis zum SarsCov2-Virus aber kaum beachtet, und war, und ist, selbst den meisten Ärztinnen und Ärzten unbekannt. Die Bezeichnung „Chronisches Fatigue Syndrom" beschreibt die Krankheit nur unzureichend. Für eine schwere Erkrankung, die jeden Bereich des Lebens beeinträchtigt, wurde ein Name gewählt, der klingt, als seien die Hofdamen eines barocken Königshofs mittags etwas müde und legten sich deswegen gepflegt ab.

---

[1] Siehe Literaturverzeichnis

ME/CFS muss man sich ungefähr so vorstellen, als wohne man eigentlich in einem technisch perfekt ausgerüsteten Smarthome. Normalerweise schaut die Küche im Terminkalender nach, wer wann zu Besuch kommt. Der Kühlschrank setzt daraufhin automatisch „Bier für Klaus" auf den Einkaufszettel im Handy und durchforstet das Internet um herauszufinden, was man aus den vorhandenen Lebensmitteln kochen kann. Vorsichtshalber fragt er die Speisekammer, ob noch genügend Mehl für den Kuchen da ist. Wenn der Besuch dann auftaucht, sagt die Klingel der Kaffeemaschine Bescheid, dass sie loslegen kann. Alles ist technisch auf dem neuesten Stand und wunderbar aufeinander abgestimmt. Nur leider hat der Energielieferant die nötige Stromzufuhr massiv gedrosselt. Es fließt abwechselnd viel zu wenig oder überhaupt kein Strom. Was nutzt das hochkomplexes Smarthome, wenn es keinen Strom hat? Die beste Technik nutzt nichts, das Gefrierfach wird dennoch auftauen und der Fernseher schwarz bleiben. Holt man den Techniker, überprüft er die elektrischen Geräte. Sie sind alle in Ordnung. Trotzdem laufen sie nicht – wie auch, ohne Strom.

So in etwa fühlen sich die Körper der meisten ME/CFS Betroffenen an. „Technisch" scheint alles in Ordnung zu sein – zumindest lässt sich mit den heutigen Untersuchungsmethoden oft kein Schaden im Hirn, an den Nerven, dem Herz oder der Lunge feststellen. Aber es fehlt die körperliche Kraft, die Lebensenergie, diese „Technik" zu nutzen. Hin und wieder ist zumindest reduzierte Kraft vorhanden, dann kann man dies und das erledigen. Aber wenn diese Kraft sich dem Ende neigt, wechselt der Körper automatisch in den Energiesparmodus. Erst funktionieren Kleinigkeiten nicht

13

mehr – ein Muskel zuckt vielleicht. Dann fallen größere Bereiche aus. Die Reihenfolge bestimmt dabei jeder Körper autonom. Ich, zum Beispiel, merke das Ende meiner Kraft oft daran, dass das Gehirn den Bereich schließt, der Geräusche in wichtig und unwichtig unterteilt. Unglücklicherweise landet dann alles unsortiert im Ordner „unbedingt ganz laut und quälend hören!" Das Ticken der Wanduhr und das wohlige Schnarchen unserer Hunde wird so laut wie früher die Achterbahn auf dem Rummel. Andere spüren den Energiesparmodus zuerst in den Beinen, einige am Kreislauf, wieder andere daran, keinen klaren Gedanken mehr fassen zu können. Je mehr man seine Kraft überzieht, desto mehr Bereiche fallen aus. Als letzten Akt verriegelt unser Smarthome-Körper die Rollläden, die Wohnungstür, die Zimmertür, löscht das Licht und stellt die Heizung auf: „Mach, was du willst." Betroffene nennen das Crash, in der Fachsprache wird es PEM genannt: Post-exertionelle Malaise, massive Zustandsverschlechterung nach bereits leichter Überlastung. Solche Crashs sollen unbedingt vermieden werden, weil sich durch häufige Crashs der Zustand insgesamt verschlechtert. Aber das ist nicht so einfach, wenn zum Beispiel schon ein wenig Fernsehschauen oder kurzer Besuch PEM auslöst.

ME/CFS kommt in unterschiedlichen Schweregraden vor. Unsere „Stromversorger" versorgen unsere Körper mit unterschiedlich viel „Elektrizität". In den schwersten Fällen reicht sie nur noch dazu, zu atmen und es zu ertragen, dass man pflegerisch versorgt wird. Ein sehr großer Teil ist im Alltag auf Unterstützung angewiesen, schafft Haushalt und Einkaufen nicht allein, braucht Hilfe bei Wegen zum Arzt oder beim Schriftverkehr mit Behörden. Anderen reicht die

Kraft, ihren Alltag zu regeln und etwas Kontakt zu anderer Menschen zu halten. Nur ein kleiner Teil kann arbeiten gehen, dann häufig in Teilzeit. Ob bettlägerig oder arbeitsfähig, gemeinsam ist allen: Wenn die Kraft zu Ende ist, schaltet der Körper auf absoluten Notbetrieb und bedient nur noch das Überlebenswichtige. Für alle Betroffene gilt daher, sie müssen lernen, mit der ihnen zur Verfügung stehenden wenigen Kraft zu haushalten und möglichst selten in diesen Notbetrieb zu fallen. Dieses Haushalten wird „Pacing" genannt. „Leben im Limit" – nicht gerade das, was uns in einer Leistungsgesellschaft in die Wiege gelegt wurde.

Die Texte dieses Buches sind teilweise unter abenteuerlichen Bedingungen entstanden. Einzelnen fehlte die Energie, selbst zu schreiben. Sie haben die Texte eingesprochen und andere haben sie nach diesem Diktat aufgeschrieben. Nicht alle, die gern mitschreiben wollten, haben am Ende die Kraft für einen Text gefunden, und sei er noch so kurz. Manche waren mit der Technik einfach überfordert. Viele brauchten und erhielten Unterstützung.

Medizinisch ist nicht geklärt, woher diese gravierenden und vollkommen unverhältnismäßigen Zustandsverschlechterungen kommen. Organisch lässt sich von medizinischer Seite meist nicht viel finden, so wie das Smarthome technisch in Ordnung bleibt, auch wenn der Strom ausfällt. Leider sind nicht alle im medizinischen Bereich tätigen Personen gewillt, sich wenigstens das wenige Bekannte anzueignen. Das führt oft zu unschönen Begegnungen mit der Ärzteschaft und dazu, dass das Vertrauensverhältnis zwischen Betroffenen und der Ärzteschaft – nennen wir es höflich – ausbaufähig ist. Hartnäckig hält sich eine Haltung, dass es am Wollen liege, und dass eine psychothera-peutische Behandlung diesem Mangel an Motivation Abhilfe schaffen könne. Das ist in der Regel nicht der Fall, eher im Gegenteil. Viele Betroffenen haben eine sehr hohe Leistungsbereitschaft und bringen sich ge-nau dadurch allzu oft in den Bereich, in dem der Kör-per „den Rollladen herunter lässt". Eine Heilung durch Wecken von Motivation oder durch Training des Körpers ist bisher nicht gelungen. Bei ME/CFS be-wirken solche Therapien in aller Regel das Gegenteil. So leiden viele Betroffene, zusätzlich zu den körperli-chen Beschwerden, am Unverständnis des medizini-schen Betriebs. Viele Betroffene fühlen sich nicht ernst genommen und beginnen fast, an sich selbst und der eigenen Krankheit zu zweifeln; das nennt man Medical Gaslighting.

Ich habe mich oft gefragt, warum meine Frage nach ei-nem gemeinsamen Schreibprojekt auf so breite Reso-nanz gestoßen ist. Ich erkläre es mir damit, wie vollständig die Krankheit in das Leben der Betroffenen eingreift. Viele andere Krankheiten lassen Raum, das Leben weiterhin mitzugestalten. Wer einen Beinbruch hat, kann lesen, während das Bein heilt. Wer blind ist, kann ausgiebig Zeit mit Freunden und Freundinnen verbringen. Wer aber schwer von Long Covid und ME/CFS betroffen ist, dem ist allzu oft – neben den Schmerzen – jedes Hören, jedes Sehen, jedes Gehen, jeder andere Mensch zu viel. Die Krankheit schränkt jede Form der Lebensgestaltung ein. In den schwie-rigsten Zeiten bleibt den Betroffenen nur das einsame Liegen mit Schmerzen, durch Ohrschoner und Augen-binde geschützt, zu nur wenigen klaren Gedanken in der Lage. Worte für das eigene Erleben zu finden bedeutet, das eigene Leben wieder ein kleines bisschen mitgestalten zu können.

Viele von uns sind mitten aus einem Leben auf der Überholspur herausgerissen worden. Darum haben die plötzlich nötigen Pausen anfangs oft nur wenig mit hilfreicher Entspannung zu tun, sondern sind ungeliebte Zwangspausen. „Ich muss schon wieder Pause machen." Wie viel schöner fände es die Seele, ein aktives Leben führen zu dürfen! So treibt die aktive Seele den schwachen Körper an, während der kranke Körper die sehnsuchtsvolle Seele ausbremst. Schreiben und Malen gehören oft zu den wenigen Dingen, die Körper und Seele gemeinsam hinbekommen, ohne dass sie einander überfordern.

Und nicht zuletzt stammt ein Großteil von uns aus Berufen, in denen man gewohnt ist, sich in unsere Gesellschaft einzubringen. Das Schreiben eröffnet uns die Möglichkeit, die Welt – so wie wir gerade sind – wieder mitzugestalten, unsere Stimme wieder hörbar werden zu lassen, nicht ganz auf dem Sofa aus der Welt zu verschwinden. Wir möchten wieder gestalten, sichtbar sein, hörbar, nahbar, erlebbar. Dieses Buch ist ein wichtiger Schritt dahin!

Maria A. Sinning

KAPITEL EINS
KRANKHEIT

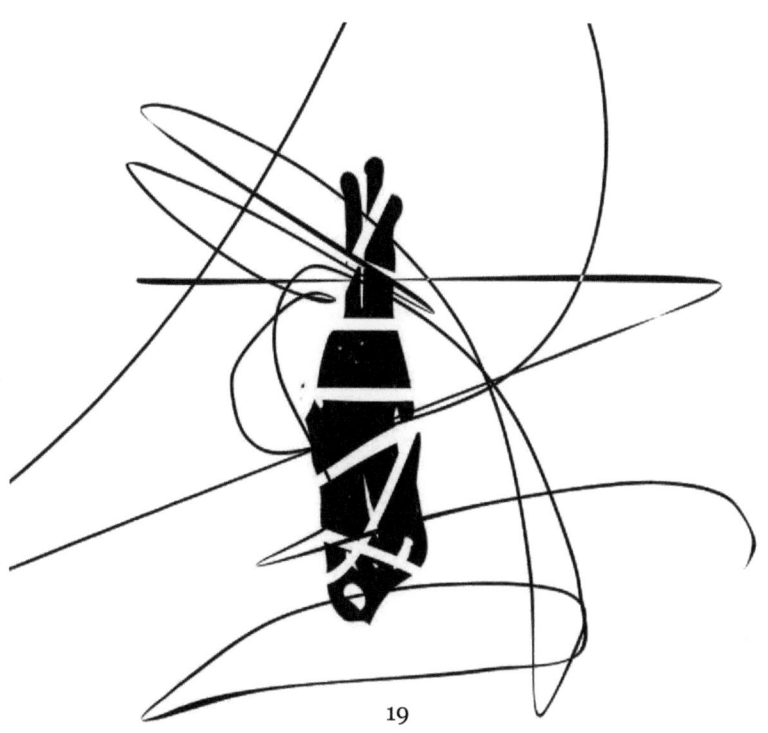

Einem Kranken kann es nicht helfen,
dass er in einem goldenen Bett liegt.

Sprichwort aus Spanien

Rot – leuchtend – grün – glänzend

Berit Gerd Andersen

Ich bin rot. Wenn sie an einem schlechten Tag wie heute gefüttert werden muss, werde ich ihr umgehängt, damit sie sich oder das Sofa nicht bekleckert. Das findet sie in Ordnung. Ich bin auch sehr schön. Eigentlich viel zu schön dafür. Denn ich bin keine „wasserdichte Ess-Schürze für Senioren und pflegebedürftige Menschen", für die im Sanitätshauskatalog – ihre jetzige Bettlektüre – geworben wird: „Es passiert häufig, dass beim Essen mal etwas danebengeht. Die Suprima Ess-Schürzen bieten in solchen Fällen einen optimalen Schutz Ihrer Wäsche."

Ich befinde mich schon lange in ihrem Hausrat, liege meist in einer Schublade der Kücheninsel, an der sie seit einem Jahr nicht mehr Gemüse schnippelnd gestanden hat. Oft hat sie mich in der Hand gehabt, aber nie wahrgenommen. Seit ihrer Erkrankung sieht sie anders. Nicht Doppelbilder oder Verschwommenes wie viele anderen Erkrankten. Nein, weil sie jetzt nur noch hier sein kann. Früher war sie immer woanders, in Gedanken, auf dem Sprung, beim nächsten Projekt. Jetzt sieht sie mich endlich. Feines rotkariertes Halbleinen mit abgesetzter Borde. Sie fragt mich, wer ich bin. Ich antworte: „Ich bin dein schönstes Trockentuch und nur vorübergehend dein Sabberlatz".

Wir leuchten. Im Obergeschoss ist es heiß. Daher ist sie wohl ins Wohnzimmer umgezogen. Neben der

Matratze auf dem Boden steht der Rollstuhl. Hinten wir. Wir dienen der Sicherheit im Dunkeln. Früher war sie gerne im Dunkeln unterwegs, ohne Angst, sie fühlte sich umhüllt. Im Schutzmantel des Dorfdunkels eine letzte Nachtrunde mit der Hündin drehen. Die eine ausgiebig schnüffelnd an den Häusern ihrer Lieblingsfeindinnen vorbei. Die andere vorneweg mit Gummistiefeln blind durch Wasserpfützen. Beide haben sich am Geruch des dunklen Waldes am Dorfrand erfreut. Jetzt ist sie nie mehr draußen, wenn es dunkel ist und braucht uns nicht.

Wir erinnern sie aber an das Radfahren. Sie hat zwei. Ein leichtes für die kurzen Spritztouren zum Dorfladen und das E-Bike, mit dem sie zur Arbeit entlang des Kanals oder im Urlaub durch dänische Dörfer und Potsdam fuhr. Mit der Hündin im Anhänger. Nun stehen die verstaubten Räder im Carport und die Spinnen bauen ihre Fliegenfallen in den Speichen. Die Urne der Hündin wurde schon vor dem jetzigen Leben im Garten begraben und stattdessen schaut sie uns an. Sie träumt dabei vom Dorfdunkel, Waldgerüchen und von der stupsenden kühlen Schnauze eines Hundes. Sie fragt uns, ob sie jemals wieder ein Hund versorgen kann. „Ja", sagen wir, „und dann wirst du Katzenaugen auch wieder brauchen."

Ich bin grün. Manchmal bedarf es wirklich nicht viel, damit sie traurig wird. Heute war ich schuld. Sie ist im Bett geblieben, wie derzeit an vielen Tagen. Alles ist gleichförmig und doch vergeht die Zeit. Für sie mit Schmerzen und Unruhe. Für ihn mit dem Haushalt und ihrer Versorgung. Viel mehr ist nicht drin für die beiden. Damit gelingt das Verdrängen gelegentlich.

Dieser Sommer ist aber der schönste seit langer Zeit. Sie verbringt ihn oft im abgedunkelten Zimmer. Ich im Wäscheschrank. Heute Morgen scheint die Sonne aber so gnadenlos, dass er fürsorglich – zusätzlich zum Rollo – mich vor das Fenster gehängt hat. Ich bin groß und weich, grün mit einem Blattmuster. Ich bin ihr liebstes, was er nicht wusste. Nun hänge ich da und wehe leicht im Sommerwind. Als ihr Augen- und Hirnschutz.

Sie fragt mich, ob sie jemals wieder auf mir am Strand in Liseleje liegen wird. „Ja", sage ich, „und du wirst dich – nach unserer Rückkehr – über den von mir mitgebrachten Sand ärgern." Sie fragt, ob sie mich jemals wieder auf den Gepäckträger spannt und zum Steinbruchsee der Freunde radelt. „Ja", sage ich, „aber da tut es auch ein kleineres, nicht so edles Badetuch."

Wir glänzen. Wir hängen schon da und sie weiß es nicht. Heute Morgen hat sie sich mit Mühe im Bett umgedreht und ihren Kopf ans Fußende gelegt. Nun schaut sie durch den Flur aus dem Badezimmerfenster und hat eine andere Aussicht. Das Schieberollo ist nur halb hochgezogen. Der Durchblick wird von einem kleinen Stück blauen Himmel und vor allem vom Baum auf dem Grundstück gegenüber gefüllt. Unser Baum.

Wir sind schon dick, aber unsere Schalen noch hellgrün, ohne Stacheln. Sie stellt sich vor, wie unsere Schalen in den nächsten Wochen dunkler werden und wie die Stacheln raus wachsen, damit uns Tiere vor der Reifung nicht fressen. Im Herbst werden wir runterfallen und aufplatzen und Kinder werden uns aufsammeln, um zu Hause aus uns Figuren zu basteln. Bei Spaziergängen hat sie früher eine von uns geworfen und die Hündin ist hinterhergelaufen. Ein paar besonders schöne von uns hat sie in die Jackentasche gesteckt und zu Hause auf den Tisch gelegt. Und war – wie als Kind – enttäuscht, als wir nach kurzer Zeit den Glanz verloren. Noch nie hat sie grüne Kastanien so lange angeschaut. Sie fragt uns, ob sie je wieder einen Herbstspaziergang machen wird. „Ja", sagen wir, „und du wirst uns wieder aufsammeln und von uns enttäuscht sein".

Dann steht sie auf und geht schnell, nicht wie üblich Stufe für Stufe sitzend auf dem Po, die Treppe herunter, durch das Wohnzimmer am Rollstuhl vorbei, zieht ihre Laufschuhe an und verlässt das Haus. Sie läuft an uns vorbei die Dorfstraße entlang, in den Wald hinein … und schreckt auf, als er sich auf die Bettkante setzt und sagt: „Komm!"

Stille Tränen

Anna Wild

Ich wache auf und spüre Leere
Es ist als wäre
Jede Zelle ohne Energie
Es ist so weit
Mein Körper schreit
Und ist doch leise
Stille Tränen machen sich auf die Reise

Ein Nebel, schwarz wie Rauch
Ein Schlag in den Bauch
Mein Kampf
In einem dunklen Zimmer
Gibt's zu wenig Luft für immer
Ein Feuer in Armen und Beinen
Es sind stille Tränen, die weinen

Ein Sturm tobt um mich herum
Ich falle, doch falle nicht um
Der Kopf hämmert
Laut und voller Schmerz
Ein Stechen im Herz
Ein Schritt vor, zehn zurück
Stück für Stück

Der Wunsch, wieder zu rennen, zu springen
Zu leben, zu lachen, zu singen
Mit eigener Kraft
Oben auf dem Berg zu stehen
Ins Licht zu sehen

Den Gegner zu besiegen
Sodass die Tränen versiegen

Ich suche nach Land
Dabei eine Hand
Eine Hand, die mich hält
Sodass nicht alles zerfällt
Hoffnung ist der letzte Glanz
Eine Welle die mich trägt
So verliere ich nicht ganz
Wofür mein Herz noch schlägt

Seidenlinie am Horizont

Valentina Dsora

Atmet mein Auge am Horizont
Noch hauchdünn der Puls
Ein Wehen wäre zu viel
Nur sachte mich regen
Seidenpergament
Umschließt mein pochendes Blut

Ungestüm zerrt die Frage
Ob Stillhalten zurück ins Leben führt
Wäre es nicht schöner
Die Luft zu zerreißen
Hindurchzufahren durch die Haare
Den Geist zu werfen

Wild ist die Angst, die mich schützt

Von Grenzen und Wachstum

Ariane Girndt

Es heißt ja, der Mensch wachse mit seinen Aufgaben. Wer jetzt an „neue Herausforderungen im Job" und den „nächsten Schritt auf der Karriereleiter" denkt, hat es höchstwahrscheinlich noch nicht mit einer chronischen Erkrankung aufnehmen müssen. Long Covid ist nicht nur lang, sondern auch allumfassend. Long Covid ist eine Lebensaufgabe, denn so ziemlich alles, was das Leben bisher ausgemacht hat, muss man aufgeben. Und man muss auch noch klarkommen damit.

Alles schrumpft zusammen: Bewegungsradius, Sozialleben, Zuversicht und Muskulatur ... Manches verschwindet ganz; zum Beispiel das Arbeitsleben. Wachsen tun erstmal nur Verzweiflung und Ungewissheit.

Nur wenige Wochen vorher bin ich durch Europa gereist, um in den Alpen jeden Tag einen anderen Berg zu besteigen und meine Füße danach in einem Bach zu kühlen. Nun muss ich mich plötzlich fragen: Schaffe ich es vom Bett zur Toilette, ohne mich auf dem Weg hinsetzen zu müssen? Viel Himmel sehe ich durch die Fenster meiner Wohnung, aber die Erde ist unerreichbar: 75 Treppenstufen sind über Nacht zu meiner persönlichen Mount Everest Besteigung ohne Sauerstoff geworden.

Montag chillen und fernsehen, Dienstag Essen gehen, Mittwoch Tai-Chi, Donnerstag Chor, Freitag Kino, Samstag Museum, Sonntag wandern im Umland - fast immer in Gesellschaft. Morgens die Zeitung lesen und abends ein Buch, mit dem Rad zur Arbeit fahren, E-Mails, telefonieren, Videokonferenzen, einkaufen, kochen ... Das war einmal. Nichts davon ist übriggeblieben. Stattdessen heißt es jetzt: Bett, Sofa, Bett. Jeden Tag. Monatelang. Mein Leben findet auf 71 Quadratmetern statt, Lockdown-Spezial mit Open End.

Spannende Bücher verführten früher zu kurzen Nächten mit wenig Schlaf. Nun macht die Schlaflosigkeit die Nächte lang und die Stapel ungelesener Bücher neben dem Bett wachsen. So eine Buchseite hat definitiv zu viele Buchstaben für mich. Der Fernseher bleibt dunkel und still - zu viel Licht, zu viel Bewegung, zu viel Geräusch, zu viel Information. Mein Fenster zur Welt ist mein Handy: Kleine Informationshäppchen kann das erschöpfte Long-Covid-Gehirn verarbeiten und braucht dann auch schon wieder eine Pause.

Beinmuskulatur schrumpft übrigens sehr schnell, wenn man nicht mehr stehen, gehen, laufen, tanzen kann. Auf einmal tauchen Knochen auf, die vorher darunter verborgen lagen. Dafür wachsen die Haare auf meinem Kopf so stetig wie immer - als wenn nichts weiter wäre und der nächste Frisörbesuch nur eine Frage des Terminkalenders.

Long Covid heißt nicht zufällig Long Covid: Es zieht sich. Die Frage, womit die Zeit füllen, stellt sich aber gar nicht. Zeit ist ja angeblich relativ. Der Zustand des Nichts-Tun-Könnens ist hingegen so absolut, dass ich darüber noch nicht einmal nachdenken kann. Es bleibt wirklich nicht viel vom Leben übrig.

Und doch bin ich mit dieser Lebensaufgabe gewachsen. Nicht nur, weil ich bis hierhin all das ertragen habe und trotzdem noch glaube, dass es anders werden kann - vielleicht sogar besser als vorher, aber auf eine ganz eigene Art, mit neuen Grenzen - ich bin auch ganz real gewachsen, und zwar genau drei Zentimeter! Ich habe es nachgemessen. Während ich auf dem Sofa liegend zusehen musste, wie mein Leben um mich herum zusammenschrumpfte bis kaum noch etwas davon übrig war, haben sich die Bandscheiben zwischen meinen Wirbeln immer weiter ausgedehnt. Und so schaue ich auf einmal von noch weiter oben aus dem Fenster auf die Welt - zumindest in den paar Minuten, die ich es schaffe, mich auf den Beinen zu halten.

Wenn ich künftig gefragt werde: „Wie lange bist du denn schon krank?", werde ich also antworten: „Drei Zentimeter."

Genesen

Bianca Keller

Ich bin genesen, aber nicht gesund.
Long Covid lautet der Befund.
Ein stiller Begleiter, der weiterbesteht,
und Spuren hinterlässt, die kaum jemand versteht.

Ein unsichtbarer Feind, der in mir wütet,
mir Lebenskraft raubt und so vieles verbietet.
Kein Sport ist mehr möglich, das Herz rast schnell,
die Lunge schmerzt ganz generell.

Die Glieder sind schwer, Muskeln ohne Kraft,
die Belastungsgrenze eher mangelhaft.
Der Atem ist flach, die Gedanken zerstreut.
Ich vergesse Termine beim Therapeut.
Und ganz oft auch, was ich sagen will,
so bleib ich oftmals einfach still.

Die Konzentration ist kaum noch vorhanden.
Es reicht nicht mal zum Lesen, offen gestanden.
Die Tage zieh'n vorbei, doch die Müdigkeit bleibt.
Mein Körper ist der, der mir Pausen vorschreibt,
denn Schlaf allein hilft nicht bei Fatigue
sondern eigentlich nur für den Augenblick.

So verbringe ich Stunden auf Sofa und Bett.
Long Covid wiegt schwer in meinem Gepäck.
Bin verlor'n im Labyrinth der medizinischen Pflege,
von Arzt zu Arzt, und dann noch zum Kollegen.
Denn es gibt kaum Ansätze und keiner kennt sich aus.
Und für Forschung gibt der Staat kaum Gelder aus.

So gibt's wenig Perspektiven, aber Tausend Formulare
und Anträge, so schwierig, man rauft sich die Haare.
Die Bürokratie ist eine riesige Hürde,
die man sich eigentlich lieber ersparen würde.
Denn dazu braucht es Kraft und auch Energie,
aber gerade die fehl'n mir ja, welch Ironie.

Unsere Ziffer ist dunkel, ich bin nicht allein,
Long Covid darf nicht vergessen sein.
Lasst uns dran denken, dass hinter jeder Zahl
ein Mensch steht, der echt ist, und real.
Ein Mensch mit Hoffnungen, ein Mensch mit Träumen,
ein Mensch, der leben will ohne zu versäumen.

Wir brauchen mehr Forschung und Aufmerksamkeit.
Wann erkennt man denn endlich die Dringlichkeit?
In die Entwicklung des Impfstoffs wurde viel investiert,
aber die Regierung hat immer noch nicht realisiert,
wieviel Fachkräfte wir haben, die gern arbeiten würden,
gäb' es schnellere Hilfe und nicht so viele Hürden.

Und die Pandemie mag vielleicht vorbei sein, okay,
aber Long Covid ist echt und „still on its way".
Und jeder Tag, den ich bestreite,
ist ein Tag, an dem ich kämpfe und fighte.
Und irgendwann, hoffe ich, wird es irgendwie
nur noch ein Kapitel sein aus meiner Biografie.

Und bis dahin lasst uns der Krankheit Gesichter geben,
zuhören, verstehen und die Stimme erheben.
Hebt was aus den Angeln und tut es kund:
„Genesen heißt noch lang' nicht gesund!"

Antwort an den Panther

Max Götz

Die lahmen Blicke wanken,
Zerbrechlich, dürr und fahl.
Hinter des Vorhangs Schranken,
Brennt Einsamkeit ihr Mal.

Der Augen Blick gezähmt,
Erstickt bevor geboren.
Der Augen Schlag gelähmt,
Der stolze Glanz, verloren.

Was mal geschmeidig weich,
Mit starkem Fuß geschehen,
Erscheint nun kärglich bleich,
Ein Körper im Vergehen.

Die Kraft tanzt nur noch leise,
Von Sehnsucht kaum umhüllt.
In unbeseelter Weise,
Obgleich der Wille brüllt.

Sein Schreien kraftlos dumpf,
Verfehlt zumeist das Ziel.
Die Waffen lang schon stumpf,
Verloren was gefiel.

Und züngelt mal ein Flämmlein,
Im Dunkel tiefer Nacht,
Verbreitet fremdes Wohlsein,
Erlischt kaum hörbar sacht.

Gezeichnet

MW

Ich öffne die Augen, der Schmerz schießt in den Arm,
doch ich liege im Bett, es ist kuschelig und warm.
Ich gehe den Tag durch, was werde ich tun,
außer mich standhaft auszuruhen?
Ich habe unzählbar viele Ideen,
vieles davon wird wieder nicht gehen.

So stehe ich auf, die Welt beginnt zu schwanken,
wieder beginnt sie heftig zu wanken.
Ich bin enttäuscht und setze mich nieder
sehnsüchtig sehe ich vergangene Tage wieder.
Ich lief einfach los, nichts war zu viel.
Das Leben glich einem endlosen Spiel.

Durch Wiesen und Wälder,
quer durch Felder,
bergauf und bergab,
vorbei an Seen.
Es sollte noch lange so weitergehen.

Was ich hatte, habe ich nicht gewusst.
Das wird mir dieser Tage schmerzlich bewusst.
Und so sitze ich hier, die Füße hoch oben,
ins Sitzen und Liegen hat sich meine Lage
                       verschoben.
Ich ziehe nur noch auf dem Papier meine Runden,
das liegt mir wohl auch, habe ich herausgefunden.

So entstehen aus dem Nichts
Wiesen und Wälder,
mitunter auch Lavendelfelder.
Es geht bergauf und bergab,
ich zeichne auch Seen.
Wie lange wird es so weitergehen?

Ich versuche, mich auf das Wesentliche zu besinnen.
Heute werde ich wieder etwas Neues beginnen.
Und nichts davon würde existieren,
würde ich nicht täglich so viel verlieren.
Und so wird der Verlust zu einem Gewinn.
Ich weiß, dass ich mehr als diese Krankheit bin.

Das Leben und Zeichnen – es existieren Parallelen.
Wichtig ist es, nicht das Ziel zu verfehlen.
Alles beginnt doch mit einer Skizze.
So mache ich das immer, wenn ich an einer
                              Zeichnung sitze.
Vom eigentlichen Motiv lassen sie nicht viel
                              erkennen,
ich frage mich immer: werde ich mich verrennen?
Ich setze mich daran und brauche lang,
am Ende sehe ich, dass ich es doch irgendwie kann.

Drum seh' ich meinen momentanen Alltag als das,
                              was er ist,
eine erste, grobe Skizze meines Lebens, mehr aber
                              auch nicht.
Ein paar lieblose Striche, um sich zurechtzufinden,
die am Ende unauffällig im Gesamtbild
                              verschwinden.
So gebe ich jedem Tag die Chance, schenk ihm mein
                              Vertrauen,
gemeinsam werden wir etwas Neues erbauen.

Meine Kreativität ist ungebrochen.

Ich werde niemals aufhören zu hoffen.

Und sollte die Hoffnung meinen Blick auf das, was
ich kann und bin, erhellen,

werde ich die Skizze meines Lebens gerne
fertigstellen.

Coco et moi

mymy

Coco kam über Nacht. Ganz unverhofft.
Brachte Brechreiz mit. Zunächst.
Schüttelte zwei rote Striche aus dem Ärmel. Sodann.
Drückte mich auf die Chaiselongue. Zuletzt.
Un monde tordu.

Fatigue, Fatigue. Säuselte sie.
Non, non! Schrie ich.
Ich wollte doch noch schnell und hoch.
Ich wollte ganz, ganz weit hinaus.
Encore loin.

Padam, padam, padam. Das klopfend Herz.
Und PEM, PEM, PEM! Knallt sie mich ab.
Zum Sterben ist es viel zu viel.
Zum Leben ganz und gar zu wenig.
Quelle tragédie.

Eine marionnette malade, bin ich:
An schlaffen Fäden Arm und Bein.
Eine zickige Diva, ist sie:
An allen Tagen eine andere Laune.
Oh bon dieu.

Doch wo sie nun einmal im Leben ist,
will ich mit ihr flanieren gehen,
über die route de la vie,
den kläglichen Kläffer Covid an der Leine.
Au ralenti.

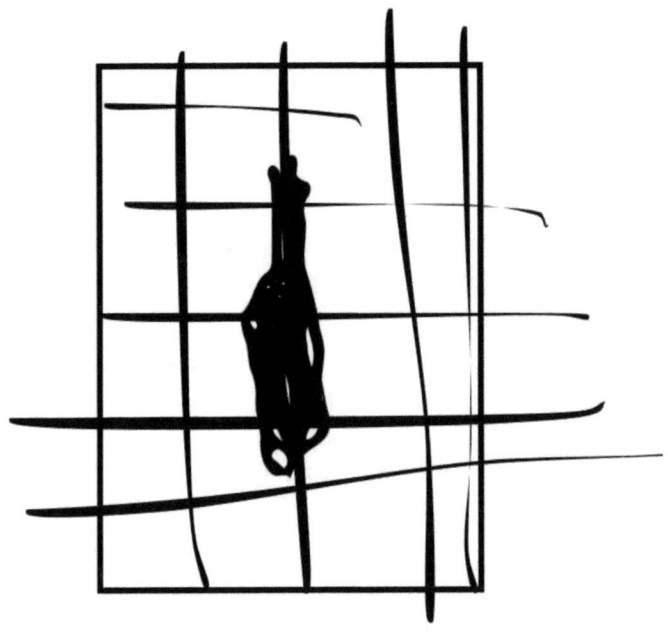

KAPITEL ZWEI
AKZEPTANZ

Der einzige Weg aus etwas heraus
ist der Weg durch es hindurch.

Maya Angelou

3 Haikus

Rani Legde-Naskar

hoffnung

sie gibt mich nicht auf,
die hoffnung. sachte umarmt
sie mein verzagen.

müdigkeit

meine müdigkeit
lässt mich werden wie der berg
still und stark und wahr.

untröstlich

das untröstliche
schau, wie perfekt es seinen
platz hat im ganzen.

Im Spannungsfeld zwischen Hoffnung und Akzeptanz

MW

Zu akzeptieren heißt, nicht aufzugeben.
Ich weiß, es gibt so viel mehr im Leben.
So viel wurde mir genommen,
ich möchte wieder mehr bekommen.

Die Hoffnung aufzugeben wäre gänzlich falsch.
Ich hoffe, dass ich irgendwann wieder lauf.
Doch es ist auch wichtig, dass ich akzeptiere,
dass ich momentan einfach nicht so funktioniere.

Denn nur so ist es mir möglich, innerhalb meiner
                        Grenzen zu agieren
ohne die Hoffnung zu verlieren.
Sonst mache ich Pläne, doch die Umsetzung
                        scheitert;
das ist nichts, was mich gerade erheitert.
So sehe ich das Große im noch so Kleinen,
in Dingen, die anderen selbstverständlich erscheinen.
Irgendwann werde ich wieder laufen und Springen,
bis dahin erfreu ich mich an den kleinen Dingen.

Und wenn mir etwas scheinbar so Kleines gelingt,
ist es mein Herz, das laut und fröhlich singt.
Und die Tatsache, dass das noch funktioniert,
zeigt mir: Ich habe es kapiert.

Ja, mir wurde viel genommen,
doch sehr viel hatte ich bekommen.

Das Leben bietet so viele Chancen.
Ich habe gelernt, im Regen zu tanzen.

So kommt es, dass ich akzeptiere,
dass ich für unbestimmte Zeit einfach nicht so
funktioniere.
Und dass ich mit jeder Minute haushalte,
während ich mit aller Kraft die Hoffnung festhalte.

Ein beliebiger Tag 2023

Katharina Schmidt

Bis in den Nachmittag hinein habe ich im Bett gelegen. Mein Bett ist seit der ersten Impfung zu meinem besten Freund geworden.

Aber so will ich nicht leben.

Eine schöne Unternehmung ist trotzdem stressig, und danach muss ich mich tagelang zurückziehen, kann nur liegen, aber selbst im Bett stoße ich an meine Grenzen.

Plötzlich geht nichts mehr. Ich muss bewusst atmen, mein Körper hat die Automatik eingestellt. Ich kann mich nicht mehr rühren. Meine Glieder sind bleischwer, wie gelähmt, die Augen kann ich bewegen, alles kribbelt, meine Gedanken rasen, was passiert hier?

So ein Zustand dauert zwischen ein paar Minuten bis zu mehreren Stunden.

Ich bin absolut hilflos, ausgeliefert, bestehe nur noch aus panischen Gedanken.

Bräche ein Feuer aus, würde ich verbrennen, weil ich unfähig wäre, mich zu entfernen. Nicht mal um Hilfe schreien könnte ich.

Wenn dann aus dem Bekanntenkreis der Tipp kommt, ich solle den Notarzt rufen, frage ich mich, wie die Menschheit so lange überlebt hat.

Ich muss mich ablenken. Schwedisch habe ich heute noch nicht gemacht. Die Sprache ist ein wichtiger Punkt, jeden Tag ein bisschen zu lernen, das hilft mir, den Tag zu gestalten. Gestern hab ich's vergessen. Brainfog halt.

Wenn mich etwas völlig verwirrt, dann ist es die Unberechenbarkeit dieser immer noch unverstandenen Erkrankung.

Es gibt kaum jemanden, an den man sich um Hilfe wenden kann. Auch heute noch hören wir, dass es Long Covid nicht gibt und man Sport machen und abnehmen sollte, dann würde sich alles von selber regeln.

Und ich habe nicht mal die Kraft, mich darüber aufzuregen. So viel Dummheit und Ignoranz, auch von Ärzten.

Tja, und so dümple ich weiter vor mich hin, von Tag zu Tag, von Symptom zu Symptom, von Müdigkeit zu Erschöpfung, von Enttäuschung zu anhaltender Traurigkeit. So eine Scheiße.

Ich will das nicht mehr. Ich will mein Leben wiederhaben. Ich möchte genießen können, eine schöne Wohnung haben, nicht immer alleine sein.

Ich möchte mich austauschen und mehr Kontakte. Ich möchte schon so lange Klamotten shoppen gehen, will endlich Sachen anziehen, die mir gefallen, die ich gut finde, die mir stehen, und in denen ich mich gerne zeige.

Stattdessen ist alles preiswert und passt schon irgendwie. Das ist so doof.

Ich möchte aktiver sein, meine Freunde besuchen können, mal wieder in Urlaub fahren, mein Geld nicht mehr für Nahrungsergänzungsmittel ausgeben müssen.

Ich möchte jeden Sonntag in den Gottesdienst, mich wieder aktiv in meiner Gemeinde einbringen, ich möchte wieder singen (können) und die Seele baumeln lassen.

Meine Realität sieht anders aus. Wenn ich die Nacht 3 - 4 Stunden, mit Unterbrechungen, geschlafen habe, kann ich mich glücklich schätzen. Haha.

An guten Tagen komme ich vormittags aus dem Bett, an schlechten Tagen nicht vor 18 Uhr, an ganz schlechten Tagen gar nicht. Dann liege ich tagelang flach.

Wirklich alles muss um die ständige Erschöpfung herumgeplant werden. Und ob es Toiletten gibt, ich habe nämlich seit 3 Jahren permanenten Durchfall.

Nervig ist auch, dass ich seit mehr als einem Jahr erst gegen Abend, wenn überhaupt, etwas riechen oder schmecken kann.

Missempfindungen in Sachen Temperatur, Kälte und Wärme, machen es mir schwer, mich vernünftig anzuziehen. So schnell kann ich meine Kleidung gar nicht tauschen, wie ich vom Schwitzen zum Frieren wechsle und wieder zurück. Also Zwiebellook.

Brainfog ist auch so ein Thema. Aktuell ist es die Rechtschreibung. Jedes dritte Wort ist falsch oder klein anstatt groß oder umgekehrt geschrieben. Und Sinn sollte ein Text auch machen, oder?

Es macht mich wütend, wenn ich mir anhören muss, dass ich all diese Probleme schon vorher hatte.

Ja, teilweise, aber

- nicht in dieser Ausprägung,
- nicht in dieser Dauer,
- nicht ständig,
- nicht immer dieselben Fehler,
- nicht so viele,
- nicht so.

Einen Großteil dieser Schwierigkeiten hatte ich noch nie. Mein Gedächtnis war immer 1A, seit dem 1. Januar 23 kann ich mir nicht mal mehr merken, welcher Wochentag ist.

Weil sich mein bisheriges Leben auf den Kopf gestellt hat, als ich die erste Impfung am 6. Dezember 20 bekam, muss ich mich jetzt damit abfinden, dass es so ist, wie es ist.

Ich muss akzeptieren und begreifen, dass dieses hier meine neue Realität ist.

Ich muss verinnerlichen, dass dieses neue Leben anders ist, und dass anders nicht schlechter sein muss, sondern lediglich anders sein wird.

Ich brauche neue Ziele, neue Ideen, ich muss Ruhepausen einbauen, muss verstärkt Entspannungstechniken einüben, muss deutliche Grenzen setzen und meine Freunde entsprechend instruieren, denn ich will wieder beginnen zu leben und zu lächeln.

Mein wichtigster und ganz fester Punkt ist mein Glaube. Er ist meine Kraftquelle, die Gebete und das Lesen in der Bibel geben mir den Rahmen für den Tag.

Gott hat uns aber auch die Musik gegeben. Am liebsten bin ich in der Oper, habe dort auch inzwischen Freunde gefunden. Ich chatte gerne mit ihnen. Sie machen mein Leben bunter und lebenswert(-er).

Ich schaffe das!

Wie man die Winter übersteht ...

... eine lange, lange Krankheit, Lockdowns, öde Zeiten

Rani Legde-Naskar

In the midst of winter,
I found there was, within me,
an invincible summer. (*Albert Camus*)

Wir sind so angefüllt mit Herrlichstem: Mit Bildern, Klängen, Düften, ganzen Filmen voller wunderbarer Erlebnisse und von durchlebtem Glück. Die erste zarte Umarmung des oder der Liebsten, die Reise ans Meer und das tiefe, tiefe Einsaugen der Salzluft, die Farben des Hochsommers mit seinem reifen Getreide, die Winzigkeit der Fingernägel meines Kindes, damals, als es ein Neugeborenes war. Das erste Hören des ersten Akkords des Kyrie aus Bachs h-Moll-Messe und viel später dann noch das Empfinden, wie es durch die eigene Kehle tönte, inmitten aller Mitsänger, und die Welt zu einer Kathedrale wurde, damals, als man noch singen konnte.

Wir sind so angefüllt mit Allerschönstem, dass wir schier bersten müssten. Der Blick aus dem Fenster, grauer als grau, vielleicht schon seit Wochen in diesem Winter – aber wie greifbar nah sind die anderen Jahreszeiten, die ich schon durch genau dieses Fenster sah, bei geöffnetem Fenster auch hörte und roch und schmeckte: Den Vogelgesang aus Dämmerstunden im

Frühling, den schweren und zugleich heiteren Geruch der Luft nach einem Sommerregen, den Tanz der Krähen in den Herbststürmen.

Wir sind so angefüllt mit zuvor erlebten Wonnen, und dazu noch können wir uns jederzeit, einfach aus eigenen Quellen, anfüllen mit sämtlichen Genüssen der Vorfreude und der Fantasie, wir können fliegen mit den Flügeln der Vorstellungskraft und reisen, wohin auch immer wir wollen, kraft der Zaubermacht unserer Wünsche und Sehnsüchte.

Unsere Vorratskammern sind voll bis an den Rand. Sie sind Erinnerungsgärten, sogar Urwälder, üppig grün und vielfarbig und intensiv duftend, oder sie sind zart und pastellig und hauchfein – denn sie enthalten nicht das, was allen schmeckt, sondern genau das, was mir selbst am meisten mundet, was mich am tiefsten nährt, meine Lieblingsspeisen und den Lieblingswein. Sie enthalten auch alle Wunder, die mich am Leben erhalten haben und die Art, wie das Vibrieren meiner Seele mich bis hierhergetragen hat. Sie enthalten meine ganze Liebe und alle Arten, wie ich je geliebt worden bin.

Und welche Freude unserer im Blut und allen Zellen gespeicherten Erinnerungen, wenn sie nochmals, tief und tiefer, bis an den Grund und in ihre feinsten Verzweigungen hinein, ausgekostet werden, bevor wir wieder neue Wonnen in die Speicher einlagern!

Noch gar nicht war bisher gesprochen vom Losbrechen unseres Jubels bei Wiederkehr des Frühlings, der weckenden und sprossenden Kräfte, der leibhaftigen Begegnungen und der Aufbrüche in neue Welten, nach langem Zehren aus den Vorräten.

Die Neue

Ruth Schäfer

„Klartext! Wer ist das und was macht sie hier? Ist sie für das Chaos verantwortlich? Wir müssen handeln! Meine Arbeit leidet, ständig mischt sie sich da ein!" Herr Schäfer fuhr sich durch das ordentliche Haar und zog sein Jackett glatt.

„Sie ist schon länger hier", sagte Ma. „Habt ihr das nicht bemerkt? Hier geht doch schon lange alles drunter und drüber!" Ma blickte missmutig auf die Neue, die ihr in letzter Zeit ständig in die Quere kam.

„Wenn ich mich da mal einmischen darf", sagte Arti, „ich habe sie sehr wohl bemerkt. Aber ich ging ebenfalls davon aus, dass das nur ein temporäres Problem sei. Kommt ja mal vor, dass das Denkvermögen schwächelt, weil andere Dinge gerade wichtiger sind." Arti schob sich in üblicher Manier die Brille zurecht. Ein Buch lag auf seinem Schoß, er nahm es in die Hand und schnüffelte genüsslich daran.

Sunshine sprang auf und drehte sich barfuß im Kreis, wobei das lange indische Kleid um ihre Füße tanzte, dann setzte sie sich im Schneidersitz auf den Boden. „Also, ich fühle mich auch etwas seltsam in letzter Zeit. Als wäre ich ständig verkatert."

„Bist du doch auch!", warf Ma bissig ein.

„Aber nicht so. Es ist eher so, als wäre ich krank, als bekäme ich eine Grippe. Mir fehlt buchstäblich die Kraft zum Feiern, Musik nervt mich, Gespräche strengen mich an und um elf Uhr abends fall' ich tot ins Bett. Die Leichtigkeit, Leute, das ist, was hier fehlt. Ob das eine Depression ist? Sollten wir mehr Achtsamkeit üben?"

„Depression, dass ich nicht lache! Zu viel Stress, zu viel Arbeit! Außerdem ist es ständig so heiß; kein Wunder, dass man nicht mehr klar denken kann. Ignoriert die Neue einfach, sie verschwindet schon. Es hat immer Phasen gegeben, wo die schönen Seiten im Leben ins Hintertreffen geraten sind", meinte Arti.

„Also, diese ständigen Ausreden bringen uns auch nicht weiter. Neulich habe ich das Waschmittel ordentlich abgemessen und dann nicht in die Maschine gegeben. Und dann dachte ich, ich hätte vergessen, die Wäsche aufzuhängen. Dabei hing sie bereits ordentlich aufgereiht zum Trocknen draußen. Das war die Neue! Sie meinten neulich auch, Sie bräuchten dringend Urlaub, oder, Herr Schäfer?", fragte Ma.

„Yes, correct, Mam. Doch das hilft auch nichts. I even lost my words, neulich, während des Meetings mit Estland, eine Vollkatastrophe! Und diese Kopfschmerzen!"

„Ja, also ...", Ma rang die abgearbeiteten Hände. „Was machen wir nun? Wir können uns schlecht von der Neuen an der Nase rumführen lassen, es herrscht sowieso schon zu viel Chaos."

Die Neue stand auf. Sie wirkte unscheinbar, doch ihre Augen blitzten feindlich. Sie öffnete ihren Mund. Doch statt Worten trat dichter Nebel aus ihrem Mund, der alles zum Verschwinden brachte. Alarm schrillte los, höllisch laut.

Dann brach alles zusammen.

Arti verlor den roten Faden, den er immer in der Hand hielt, und fand ihn nicht wieder. Sunshine lag weinend auf ihrer Yogamatte und ihre helle Freude wurde zu einem lauten Stöhnen. „Mach das aus!", schrie sie. „Ich ertrage diese Geräusche nicht!" Herr Schäfer war von seinem Stuhl gefallen und lag reglos am Boden. Ma hing auf ihrem Stuhl und wusste nicht mehr, was sie machen wollte. Musste sie nicht einkaufen?

Die Neue setzte sich zufrieden auf einen Stuhl und schaute herablassend auf die anderen. „Ich hab' euch allen ausreichend Zeichen gegeben, an euren Ärmeln gezupft, euch in den Ohren gelegen und ins Gesicht geblickt. Aber ihr habt mich einfach ignoriert. Jetzt übernehme ich das System!"

O Gott, meine Arme und Beine schmerzen dermaßen, ich kann nicht mal mehr den Kochlöffel schwingen, dachte Ma und blickte sich verwirrt um.

Also, diese Ruhepause nutze ich zum Lesen, dachte Arti, doch die Worte in seinem Buch tanzten vor seinen Augen. Frustriert legte er das Buch zur Seite. Tee, ich backe mir jetzt einen schönen Tee, dann wird das wieder, nahm er sich vor.

„Schlafen, ich will einfach nur liegen und schlafen", murmelte Sunshine. Ihr lockiges Haar war dünn geworden. Der Spaziergang draußen war eine Qual gewesen, ihre Lymphknoten schmerzten, das Herz pochte, sie fror und zitterte.

Herr Schäfer versuchte derweil, die Karriereleiter wieder hochzuklettern, doch eine ungekannte Atemnot ließ ihn schließlich frustriert aufgeben.

Die Neue blickte sich triumphierend um und genoss ihren Erfolg.

Eines Morgens wachte Sunshine auf und begrüßte den Tag vom Bett aus. So konnte es nicht weitergehen. Sie dachte lange nach, und schließlich ging sie zu Ma, um sie in ihre Pläne einzuweihen. Herrn Schäfer müssten sie irgendwie übergehen, der würde da nicht mitmachen. Arti könnten sie überzeugen, der litt auch wie ein Hund.

So richteten sie das Wohnzimmer gemütlich her, es gab selbstgebackenen Kuchen, und Kaffeeduft lag in der Luft, als sie die Neue hereinbaten. Ma sah sie freundlich an und strich ihr übers Haar. Arti verbeugte sich höflich. Sunshine ging auf die Neue zu und umarmte sie fest: „Komm her, du Liebe, lass dich drücken, du gehörst jetzt zu uns." „Endlich!", sagte die Neue. Herr Schäfer grummelte und reichte ihr einen Keks.

Seit wann bist du krank?

Martina Freisinger

Es ist eine Standard-Frage, um die zu beantworten ich gar nicht mehr nachdenken muss.

Meine Physiotherapeutin, die mir auf meinem Weg zur Genesung schon so viel mehr mitgegeben hat als Fango-Packungen und Yoga-Übungen, stellte mir diese Frage, als ich schon eine Weile bei ihr in Behandlung war. Ich wunderte mich. Das weiß sie doch. Aber während ich das dachte, spulte ich meine Antwort schon ab: Seit Ende März 2022.

„Wann du Corona hattest, weiß ich. Nicht, wann deine Symptome angefangen haben, sondern seit wann du krank bist, war meine Frage", erwiderte sie und ergänzte: „Krank bist du seit dem Moment, in dem du angefangen hast, regelmäßig deine Grenzen zu übertreten. Also, seit wann bist du krank?"

Stille. Ich weiß es nicht.

Wenn ich meine Erkrankung auf ihren Kern herunterbrechen müsste, dann würde ich sagen, mein Nervensystem ist wie eine fehlkonstruierte Alarmanlage, die schon bei einem vorbeifliegenden Blatt einen Einbrecher wittert und deren Alarm sich auf immer skurrilere Weise äußert: Von Computerarbeit kann ich Halsschmerzen bekommen, von Spaziergängen Sprachstörungen und von lauten Geräuschen Schüttelfrost.

Es war Corona, das sich in die Schaltzentrale meines Nervensystems gesetzt und dort ein heilloses Chaos angerichtet hat. Doch dass es überhaupt dorthin gelangen konnte, lag daran, dass die Sicherheitstüren schon lang marode waren.

Eine Weile, bevor ich Corona bekam, traf ich zufällig einen älteren Bekannten in der Stadt. Wir kamen ins Gespräch und er fragte: „Ist dir das nicht zu viel?"

Was er meinte, war die Selbstverständlichkeit, mit der ich gleichzeitig studierte, arbeitete, Kommunalpolitik betrieb und verschiedenste weitere Ehrenämter ausübte. Und mit vollem Ernst antwortete ich ihm: „Nein, ich mache das alles gern."

Als sich noch während und kurz nach meiner Infektion eine Lawine von Symptomen vor mir aufbaute, drang leise, noch kaum hörbar ein Gefühl wie ein Gongschlag durch meine verbohrten Gedanken: Es wird dauern. Es wird dauern. Es wird dauern.

Warum erkranken so viele junge Menschen, die vorher sogenannte „High Performer" waren, an einem schwer greifbaren Syndrom, das sie all ihrer Leistungsfähigkeit beraubt? Was sagt es über eine Gesellschaft aus, wenn sie diese unterdurchschnittliche Leistungsfähigkeit wahlweise als Krankheit betitelt, verlacht oder leugnet und Betroffene mit den immer gleichen Fragen, absurden Formalien und irrwitzigen „Therapie"-Aufforderungen gängelt – vielleicht kann man ja doch noch ein paar Stunden Lohnarbeit aus ihnen herauspressen?

Darüber nachzudenken ist müßig. Viel wichtiger ist wohl die Frage, warum ich mir selbst jahrelang überdurchschnittliche Leistungen, Flexibilität und Schnelligkeit abgerungen habe, so lange, bis es nur noch ein mikroskopisch kleines, eigentlich ganz niedlich aussehendes Virus brauchte, um mir diese Zwangspause aufzuerlegen. Und noch wichtiger ist die Frage, was eigentlich mein natürliches Leistungsvermögen, mein natürliches Ruhebedürfnis und mein natürliches Tempo sind und wie ich dahin (zurück-)finde.

Ich könnte es niemals aushalten, mich aus der Welt zurückzuziehen, nicht mehr aktiv zu sein, nur um mich selbst zu kreisen. Mein anfänglicher Rückzug aus Scham, als schwach angesehen zu werden, hatte mich depressiv werden lassen. Mich zu zeigen, wie ich gerade bin – mit dunklen Augenringen, blasser Haut, Licht- und Gehörschutz und Rollator – hat mich wieder aufgerichtet. Ich bin aufgestanden, obwohl ich dachte, ich schaffe es nicht. Vom Bett aufs Sofa, vom Sofa an den Rollator, vom Rollator aufs Fahrrad. Als mir beim Lesen die Buchstaben vor den Augen verschwammen, habe ich mir wie eine Erstklässlerin selbst laut vorgelesen. Ein paar Sätze, drei Seiten, ein ganzes Buch. Ich habe mein Studium unterbrechen müssen, weil ich mich kaum auf gewöhnliche Alltagsgespräche konzentrieren konnte, übte jede Kleinigkeit neu ein und begann nur anderthalb Jahre später, meine Masterarbeit zu schreiben.

Doch hier fing die eigentliche Herausforderung erst an. Die Herausforderung, mich auf meinem Weg zur tatsächlichen Genesung nicht von den äußeren Zeichen der Wiederherstellung meiner Leistungsfähigkeit blenden zu lassen, sondern die Schatten meines

Krankseins – wie lang auch immer es schon gedauert haben mag – anzuerkennen und von ihnen zu lernen: Selbstliebe statt Arbeitssucht, Eigenverantwortung statt Selbstaufgabe, Heilung statt Gewohnheit.

Unabhängig davon, wie lange ich den Stempel ME/CFS noch mit mir tragen werde, ahne ich, dass dies eine Lebensaufgabe ist. Eine Aufgabe, der ich mich möglicherweise nie gewidmet hätte, wenn mein Körper keine Crashs entwickelt hätte.

Ich schreibe das und denke an die Ärztin, die mir erstmals meine Diagnose stellte. Bevor ich das Sprechzimmer verließ, sagte sie, fast nebenbei: „Im Einklang mit einer Erkrankung zu leben, die Sie so sehr in Ihrer Leistungsfähigkeit einschränkt, ist in einer Leistungsgesellschaft schon eine Leistung für sich."

Ich lebe, mein Herz sagt es mir

Valentina Dsora

Ein Mensch hat ein Tempo. Es zeichnet ihn aus, dass er schnell oder langsam unterwegs ist. Ob er immer zu spät oder eher zu früh da ist. Sein Tempo verleiht ihm Charakter, ist Teil seiner Identität.

Wer bin ich nun, da sich mein Tempo nicht mehr an meinen Charakter heranwagt, oder umgekehrt? Nun, da ich mich anders fühle als ich gewohnt war? „Ich habe mein Leben verloren", schrieb ich vor einem halben Jahr.

Heute schrieb ich Folgendes: „Ich definiere mich neu. Über die Langsamkeit. Die Sinne. Die Ruhe. Die Berührung. Das Hinhören. Das Lesen und Schreiben. Den Atem. Das Philosophieren. Den Herzschlag ..."

Genau da bin ich erwacht: Ja, ich definiere mich über den HERZSCHLAG. Meinen Puls. Meinen Rhythmus. Den Atem. Mein Tempo ist damit verbunden. Das Wichtigste: mein Herz! Es schlägt, ich lebe ...

Ich weiß nun, dass es mir gut geht. Ich weiß nur noch nicht, wie damit umgehen. Ich glaube, es ist wie Schwimmen lernen. Noch brauche ich zu viel Energie, um nicht unterzugehen. Aber ich lebe, mein Herz sagt es mir.

Perspektivwechsel

Clara Meerholz

Ich sitze mit meinem Rollator auf der Seebrücke und schaue aufs Meer. Heute ist kein guter Tag. Die Anreise gestern war zu viel. Eigentlich sollte ich besser auf der Couch liegen, aber ich konnte dem Blick aufs Meer nicht widerstehen. Ich atme tief ein, Tränen laufen mir übers Gesicht.

Plötzlich steht mein Patenkind neben mir. „Greta, warum weinst du denn?", fragt mich Noah. „Ich bin gerade etwas traurig", sage ich wahrheitsgemäß. „Aber warum denn?", fragt er mich. „Hast du Heimweh? Ich kann dir ein Kuscheltier von mir leihen, ich habe extra viele dabei, weil ich auch manchmal Heimweh habe …" Ich wische meine Tränen weg, ein Lächeln huscht mir übers Gesicht. „Danke, das ist ganz lieb von dir, aber ich habe kein Heimweh. Weißt du, ich bin einfach so unfassbar müde von der Anreise gestern, und auch der Weg hierher war sehr anstrengend für mich, und das hat mich traurig gemacht." Er sieht mich an. „Aber, das ist doch gar nicht schlimm, das muss dich nicht traurig machen. Du ruhst dich heute aus und den Rest des Urlaubes auch, deswegen sind wir doch hier!"

„Was mich traurig gemacht hat ist, dass ich früher nicht so müde war. Vor Long Covid konnte ich in den Urlaub fahren und sofort aktiv werden, ich bin noch am selben Tag zum Strand, manchmal direkt schwimmen gegangen, brauchte keinen Rollator. Ich musste mich nicht erst ausruhen – und das habe ich gerade vermisst", versuche ich ihm die Situation zu erklären. „Mh", sagt er nachdenklich. „Ich weiß nicht, ob ich das verstehe. Ich kenne dich nur so, wie du jetzt bist." „Ja, ich weiß, es ist schwierig zu verstehen ..." Wir beide schweigen und schauen aufs Meer.

Seine Mutter kommt zu uns. „Guck, du hast Greta ja gefunden. Hast du sie schon gefragt?", sagt sie zu Noah. „Noch nicht", antwortet er und schaut zu Boden. Ich schaue ihn an: „Was wolltest du mich fragen?" Er windet sich etwas, dann sieht er zu ihr. „Mama, kannst du uns noch einen Moment alleine lassen?" Emma schaut irritiert zu mir, ich ziehe meine Schultern hoch. „Okay. Ich warte am Anfang der Brücke auf der Bank", sagt sie schließlich und geht. Ich schaue Noah an, aber er blickt aufs Meer. Ich tue es ihm gleich und gebe ihm die Zeit, die er braucht.

„Greta?" „Ja?" „Du musst nicht traurig sein, dass du jetzt so müde bist. Weißt du, wir warten auf dich und machen gerne die Dinge etwas langsamer. Der Urlaub ist doch da, um sich auszuruhen. Außerdem hast du dir nicht ausgesucht, dass du krank bist." „Da hast du recht, das ist ganz lieb von dir!"

Ich merke, dass er noch nicht fertig ist. „Weißt du, was ich besonders gerne mag?", fragt er mich und schaut dabei weiter aufs Meer. „Nein, was denn?" „Ich mag es, dass du mich manchmal vom Sport abholst. Und ich mag es, auf deinem Rollator zu sitzen, wenn ich zu müde zum Laufen bin oder einfach, weil ich Lust darauf habe. Ich mag es, dass du fast immer da bist, wenn mir langweilig ist und ich immer kommen darf. Ich mag es, dir zu helfen, wenn du etwas brauchst und es selber nicht schaffst. Ich mag es, dass ich meinen

Rucksack an deinen Rollator hängen kann. Ich mag es, über deine Laufstöcke zu springen, wenn du eine Pause brauchst. Ich mag es, dass du Saxophon spielst und ich dazu tanzen kann. Ich mag es, dass wir häufig Memory spielen, weil es dir hilft. Ich mag es, dass es bei dir oft leiser und dunkler ist als bei uns, da können wir gut zusammen Pause machen. Ich mag deine Gehörschützer, sie sehen so wichtig aus. Ich mag es, dass du immer versuchst, Zeit mit uns zu verbringen, und vor allem mag ich, dass wir jetzt zusammen im Urlaub sind."

Mir sind wieder Tränen in die Augen gestiegen. „Wäre das alles möglich, wenn du nicht krank wärst?", fragt er mich. Ich atme tief durch. „Nein, wahrscheinlich nicht. Einiges schon, aber vieles auch nicht!", sage ich. „Dann finde ich es nicht schlimm, dass du krank bist. Ich mag dich so, wie du bist!", sagt er entschieden und schaut mich an.

„Warum weinst du denn jetzt schon wieder?" „Dieses Mal weine ich, weil ich dankbar und glücklich bin, dass ich dich habe! Weißt du, so habe ich das Ganze noch gar nicht gesehen und ich finde es auch schön, dass wir diese Dinge alle erleben können!" Ich lächle ihn an und er strahlt mir ins Gesicht. Er gibt mir sein Kuscheltier und drückt mich fest an sich. „Weißt du, was ich noch mag?", fragt er mich. „Was denn?" „Dass du Corona und der Krankheit jeden Tag in den Hintern trittst und jeden Tag dafür kämpfst, dass wir noch mehr Dinge zusammen machen können!" „Und ich mag, dass ihr mir dabei helft und mir die Kraft dafür gebt", antworte ich ihm. Noah lässt mich los und rennt in Richtung seiner Mama. „Was wolltest du mich fragen?", rufe ich hinterher. Ich bin verblüfft, auf welche

Weise er das Ganze sieht. Von ihm kann ich noch einiges lernen. Noah hat mir geholfen, meine Situation aus einer anderen Perspektive zu betrachten und es das erste Mal als Entschleunigung anzusehen. Nun strotze ich noch mehr vor Motivation, der Krankheit weiter den Kampf anzusagen. Noah bleibt stehen und dreht sich um. „Können wir die Tage Minigolf spielen?"

365 Tage

Emilce Rucci

So ist das wohl mit den chronischen Krankheiten …
Man denkt, man hat sie im Griff.

Ich esse wie ein Kaninchen, weil ich sowieso kaum
mehr was vertrage und werde ungewollt zum Gesund-
heitsfreak, lese Unmengen an Büchern und Studien,
lebe in Wartezimmern von unzähligen Ärzten, nein ich
werde schon fast selbst zum Arzt. Ich gebe jeden Monat viel Geld aus, um bloß immer genug Vitamine zu
bekommen, versuche jede ach so tolle neue Therapie
in der Hoffnung auf eine Spontanheilung oder zumindest eine Besserung, unternehme so wenig wie möglich, ich halte mich an alle Regeln.

Fakt ist, die Krankheit hat mich im Griff.

Jeden Tag, 365 Tage im Jahr, seit nun über drei Jahren. Sie bestimmt, wann ich was wie mache und sie
signalisiert mir ganz klar, was ich von nun an vergessen kann. Mache bloß keinen Fehler, denn die Rech-
nung kommt ganz sicher, der nächste Crash kommt
bestimmt.

Ich lächele und sage den Leuten, es geht mir gut, obwohl dies einfach nie der Fall ist. Freunde werden zu
Fremden. Man erfährt eine Menge an Enttäuschun-
gen, die sicher viel zu viel für eine einzige Seele ist.

Stark sein jeden Tag, weil diese vier Kinderaugen es verdienen, eine starke Mutter zu haben.

Stark sein, weil Aufgeben nun mal nicht drin ist, obwohl es manchmal ein sehr attraktiver Gedanke ist.

Das bedeutet Aushalten, jede Unternehmung und Anstrengung planen, obwohl der Kopf eigentlich gar nichts mehr korrekt hinbekommt, 15-20 Stunden im Bett liegen, um die anderen Stunden irgendwie gut zu funktionieren, um den Schein nach zu wahren, um alle rundherum glücklich zu sehen.

Mittlerweile denke ich, es ist normal, seine Haare im Liegen zu föhnen, wie eine Achtzigjährige so nah wie möglich an den Zielen zu parken, sich immer überall anzulehnen oder hinzusetzen, um einen Puls von 140 im Stehen zu vermeiden. Beim Weihnachtsspaziergang zu sagen, dass ich nun mal nicht den ganzen Weg mitlaufen kann, obwohl das nun wirklich nicht weit ist, oder? Halsschmerzen zu bekommen, sobald ich zu viel rede. Wie soll ich nun meine Kinder anmeckern, mit ihnen diskutieren, ihnen das Leben erklären und die Gutenachtgeschichte erzählen? Wie zu meinen Lieblingsliedern mitsingen? Und das Tanzen ... ich habe es geliebt.

Jeden Tag begleiten mich Schmerzen und Symptome, mal stärker mal schwächer, immer mal wieder was Neues dazu und Mist, der sich ständig wiederholt. Das ist wohl dieser Herr Chronisch. Wäre mir lieber, ich hätte diesen nie kennen gelernt.

Bevor ich richtig wach werde, morgens oder nach einem meiner unzähligen Nickerchen, bevor ich die Augen öffne, mein Herz anfängt zu rasen und ich anfange

zu schwitzen, wie das sicher nur Frauen in der Meno-
pause kennen, der Kopf anfängt zu dröhnen, als ob ich
3 Tage gefeiert hätte, gibt es einen Moment, in dem ich
kurz denke: Es war alles nur ein schlechter Traum.

Aber dann realisiere ich, es ist anscheinend mein Leben für jetzt und immer. Wie soll ich das akzeptieren?
Mich damit abfinden, dass über eine halbe Million
Menschen in Deutschland betroffen sind und die Forschung trotzdem mindestens 30 Jahre hinterher
hängt. Mich damit abfinden, meinem Umfeld erklären
zu müssen, dass ich chronisch krank bin, wohl nicht
wieder gesund werde, egal, wie sehr wir uns das alle
wünschen und egal, wie ich mich auch anstrenge. Auch
ich habe diese Krankheit nicht gekannt, auch ich hätte
mir das alles niemals vorstellen können. Auch ich
kann es bis heute nicht glauben. Aber sie ist da und
zerstört viele Leben.

Aber wisst ihr was?

Ich bin dankbarer und glücklicher als je zuvor. Man
wird einsamer, man wird ruhiger, man lernt sich selbst
zu schützen und zu lieben.

2023 war das schlimmste und gleichzeitig das wichtigste Jahr in meinem Leben. Ich habe meine Diagno-
sen erhalten, was eine Erleichterung war. Wichtige
Menschen sind aus meinem Leben gegangen, was das
Schlimmste für mich war, und auch ich habe mich für
eine ganze Zeit verloren. Ich hatte düstere Gedanken,
wusste gar nicht mehr, wer ich bin. Doch dann habe
ich mich wieder gefunden, endlich wieder ich oder
vielleicht jemand ganz anderes. Vielleicht jemand, der
mir selber gefällt und nicht den anderen. Es hat mir
gezeigt, was ich wirklich brauche und möchte, um

glücklich zu sein. Mein Körper ist schwach und lässt mich oft verzweifeln, aber meine Seele ist stärker als jemals zuvor. Ich genieße jetzt die ganz kleinen Dinge in meinem Leben. Das Lachen meiner frechen, wunderbaren Kinder, die kuschelige Bettdecke, warme Sommerabende auf meinem Balkon. Und die Hoffnung, eines Tages die Energie zu haben, den beiden die Welt zu zeigen.

In der Ruhe wächst die Kraft

Valentina Dsora

Welch trügerischer Genuss. Wie gut habe ich mich gefühlt. Doch von Tag zu Tag wurde es schlimmer. Ich habe mich einfach ins Leben geworfen. Gepact wie immer, aber doch nicht so ganz wie immer. Ich fühlte mich etwas besser. Und habe mich vergessen. Irgendwo ließ ich mich beiseite, und all die Einschränkungen von Sorgfalt und Ruhe und Neinsagen.

Ich bin etwas schneller gelaufen. Ich habe etwas länger telefoniert. Nicht viel. Ich war einen Abend bei Freunden und habe gelacht. Es war laut und lustig. Ich ging zeitig früh nach Hause, doch trotzdem war es zu spät.

Die Baulatten liegen im herbstlichen Rasen, laden ein wie eine Straße, die weiß wohin sie führt. Das Ende des Wegs ist offen, verliert sich in den Wäldern. Das ist gut. Ich habe mir unter dem Baum ein Bett eingerichtet. Die Wiese ist so unendlich schön, die fallenden Blätter, die Geborgenheit und der Schutz der Bäume. Der Tee duftet, ein Windlicht schützt sich vor dem Regen. Seltsamerweise kommt das Bild eines Grabsteins.

Es ist still um mich herum. Ich höre mich wieder, ich fühle, wie ich mir Zeit schenke. Den Weg wieder langsam gehen. An mich denken. Und die Latten passend legen. So atme ich auf. Was alles zum Hype beigetragen hat, war nicht nur trügerisch. Es war ein Fortschritt, denn all das wäre ein paar Monate früher unmöglich gewesen.

In der Ruhe wächst meine Kraft, die Freude darüber, was ich erlebt und ausgeheckt habe, und die Lust auf neue Entdeckungen. Ich erkenne mich wieder. Jetzt kann ich mich entspannen.

Ein ganz normaler Tag

Andrea Tag

„Steh' auf, steh' auf", sagt die Sonne und kitzelt mich an der Nase. Es knackt, es knirscht, es röchelt und schnauft, der schlaff gewordene Körper vom Liegen.

„Jungs, holt einen Kran", mauzt es aus der einen Ecke. „Jo, Chef, ich mach nur kurz die Sicherungsseile fest, miaut es neben mir und ich spüre einen krallenden Pieks in meinem Knie.

Ich wuchte und hieve, wie eine Dampflokomotive, die gefühlt schweren Glieder in aufrechte Position und bewege den rostigen Roboterkörper ein paar Schritte Richtung Küche. „Einmal Motorenöl, bitte", raune ich der Kaffeemaschine zu, während ich zum Kühlschrank schlurfe und mich am Ziel angekommen fragend am Kopf kratze.

„Ich muss die Neuronen neu verlegen, die anderen waren schon wieder durch", erklärt Hirni diesen Zustand und sagt weiter: „Mist, ich seh' nix! Voll neblig hier, heute. Fernlicht bitte!"

„Mutter", beginnt Jonny miauend ein Lied, „ich will Futter", und zwei andere stimmen lauthals mit ein, während ich böse die Kaffeemaschine anschaue. „Hast du den Kaffee heute durch Kieselsteine gefiltert und sie heimlich in die Tasse getan?" Mit beiden Händen umschließe ich das scheinbar kiloschwere Gefäß und starte erst einmal die Hülle meines Seins. Die Raubtiermusikantenpfoten spielen Schmittchen Schleicher und singen im Chor ihr Hungerjammerlied weiter.

„Was für ein Start in den Tag", giggelt die Sonne. „Ja", denke ich und will nur wieder ins Bett.

Die Raubtiere sind gebändigt und verstummen schmatzend, während ich aus dem anderen Zimmer ein Geschimpfe höre: „Wir werden noch ganz staubig, dann musst du uns wieder baden", zetern die Shirts vom Ständer und der Schrank gähnt lauthals: „Mir ist schon ganz langweilig und ich bin einsam."

„Ich muss noch durch die Waschstraße", rufe ich zurück. „Und dann feiern wir Zusammenführung, ok?"

Nachdem zumindest mein Lack auf Vordermann gebracht ist und ich meinem Versprechen nachkomme, vernehme ich ein Klappern aus der Küche: „Du da draußen, hol uns hier raus. Es ist schwül und der Topf macht sich viel zu breit", echauffieren sich die Teller und Gläser. „Aber stell' uns nicht wieder in den Backofen!"

„Hach ja", kurze Verschnaufpause. Ich blicke aus dem Fenster. Bernd, das Eichhörnchen klettert wieder eifrig von Baum zu Baum. Die spielenden Kitakinder stören ihn nicht, während meine Ohren nach Dämmung verlangen. Ganz leise – kaum hörbar – nehme ich ein Klagen wahr: „Wasser... Wasser.... Bitte... Wir verdursten!" Ein Blick nach rechts und links, da seh' ich sie. Die traurig hängenden Blüten und Blätter. Mit Tränen in den Pollenspitzen ringen sie um ihre letzte aufrechte Haltung.

Eins, zwei und Hauruck. Gießkanne stemmen. „Zwei Liter, Andrea, zwei Liter. Komm, das schaffst du. Einmal runter, einmal hoch", schreit mich Hirni in seiner Rolle als Personaltrainer an, der wohl online eine Weiterbildung zum Motivationscoach belegt hat. „Ja, genau so! Arm nach vorn und senken. Und noch einmal!"

„Uff, jetzt is aber jut", ächze ich, nach dem fünften Mal. „Ick leg mich hin, reicht für heute." Ich blicke nach oben, die Sonne steht schon hoch am Mittagshimmel.

Handy Sam ist, neben schnurrendem Getier, den Rest des Tages die einzige Begleitung während der Amazonas heute wieder seine Strömung an meine Schlafzimmerwand zeichnet. Und erst spät in der Nacht, wenn alle Lichter dunkel sind, singt der Mann im Mond „La-Le-Lu."

Expedition an den Rand der Welt

Maria A. Sinning

Alles ist gepackt für die Expedition an den Rand der von Menschen bewohnbaren Welt. Die Ausrüstung ist sorgfältig zusammengestellt, das Schuhwerk mit Bedacht gewählt, der Proviant zusammengestellt. Der Weg ist weit, führt zunächst über jenen hohen Berg direkt vor dem Basislager. Bergauf ist der Weg noch gut ausgebaut, doch bergab wandelt er sich in einen sandigen Pfad. Dort versinken die Füße, machen jeden Schritt beschwerlich. Ein Vorgeschmack auf das, was noch kommt: Die weite Strecke durch den Sand, als ginge man tagelang durch die Wüste. Und dann, endlich, wird der Boden wieder fester. Der Sand wird feucht, überspült und wieder freigegeben vom Wasser. Die Schritte werden wieder leichter. Und doch ist der Weg noch weit, bis an den Rand der von Menschen bewohnbaren Welt.

Als wir den Rand der Welt erreichen, schlagen wir unser Lager auf, öffnen die Lebensmittelvorräte und die Getränkeflaschen. Wir haben es geschafft. Wir sind tatsächlich angekommen.

Bis hierhin hätte meine Frau die Geschichte unseres gemeinsamen Ausflugs sicher anders erzählt. In ihren Worten hätte es vielleicht so geklungen: „Unser Campingplatz auf der Ile de Ré liegt sehr günstig. Da schafft es sogar meine Frau trotz Long Covid bei Ebbe an die Wasserkante: Nur einmal über die Düne rüber, der Strand ist nicht sehr breit, dann kommt schon die Flutzone. Wenn man mit einem Long-Covid-Menschen unterwegs ist, muss man einen Hocker und ein Picknick mitnehmen, um ein wenig an der Wasserkante zu sitzen und auszuruhen."

Dann aber, auf unseren Hockern und mit Kaffee aus der Thermoskanne in der Hand, tauchen wir gemeinsam in eine für uns vollkommen fremde Welt ein. Erst sehen wir es nur aus den Augenwinkeln: Hat sich eben etwas auf dem Sand bewegt? Nein, da liegen nur Steine. Wirklich nur Steine? Dann bemerken wir: Was wir für Kiesel gehalten haben, sind Muscheln. Und sie bewegen sich tatsächlich. Aber wie? Wir starren gebannt auf die kleinen Kugeln. Wie es sich für echte Stadtkinder gehört, kannten wir Muscheln bis zu diesem Zeitpunkt nur in zwei Formen: Entweder an irgendwelchen Steinen festgewachsen oder gekocht auf den Tellern unserer Tischnachbarn in französischen Restaurants. Nun wird unser Ausflug tatsächlich zu einem in eine für uns beide vollkommen fremde Welt.

Fasziniert beobachten wir hunderte von kleinen Kugeln, die ihre Schale öffnen und schließen. Immer wieder sehen sie dabei aus, als streckten sie ihre Zunge heraus. Und mit Hilfe dieser „Zunge" robben sie über den Strand. Wir sehen ihnen zu, wie sie sich nach Bedarf im Sand ein- und ausgraben. Ganz still werden wir über das Beobachten. Und je ruhiger wir selbst werden, desto lauter hören wir das leise, schmatzende Geräusch, hunderter Muscheln, die über den Strand robben.

Zu dieser Expedition aufgebrochen waren wir schon eineinhalb Jahre zuvor, als Long Covid mich, und damit auch meine Frau, aus dem Leben riss. Um hier, am

Rande der Welt, anzukommen und das Wunder der Muscheln sehen und hören zu können, haben wir einen weiten Weg zurückgelegt. Er führte uns durch das Tal der Tränen, die Wüste der Einsamkeit und die weiten Felder der Stille. In die Schluchten der Verzweiflung waren wir nur deswegen nicht gestürzt, weil wir uns gut gegenseitig absicherten. Keinen dieser Wege sind wir freiwillig gegangen, und nur wenige würden wir freiwillig noch einmal gehen. In diesem Moment aber trat all das zurück. Unsere Expedition hatte uns an einen Ort voller Wunder geführt: Zum Schmatzen und Robben der Muscheln am Rande der von Menschen bewohnbaren Welt.

Mein Troll

Sabine Schumacher

Wenn im nächsten Frühjahr die Tulpen zu blühen beginnen und die Vögel wieder ihre fröhlichen Lieder trällern, ist es drei Jahre her, dass mein Troll bei mir einzog. Es hat eine Weile gedauert, bis ich begriff, dass es ein Troll war, der mich auf der Treppe zum Stolpern brachte, der Dinge an unmöglichen Orten versteckte, mich müde machte, mich ans Bett fesselte, mir Worte stahl und ach so vieles noch.

Menschen sagten mir, ich müsse vor ihm wegrennen, ganz schnell und immer und immer wieder. Je schneller und öfter ich rannte, desto heftiger wurden seine Fesseln. Telefonierte ich zu lange, brachte er die Wörter in meinem Kopf durcheinander und stach mir mit voller Wucht hinter die Augen. Ging ich nicht zur rechten Zeit schlafen, spannte er die Muskeln in meinen Beinen so stark an, dass mir die Tränen in die Augen stiegen. Versuchte ich mich zu lange zu konzentrieren, gab er mir das Gefühl, mich wie ein Brummkreisel zu drehen. Dann lernte ich Menschen kennen, die sagten, ich solle mich mit dem Troll anfreunden, nett zu ihm sein und ihm geben, was er möchte.

So fragte ich meinen Troll, was er bräuchte, was ihm guttäte. Er antwortete: „Ich will Ruhe, ganz viel Ruhe." Er bekam seine Ruhe, er wurde friedlicher. Ich erzählte ihm leise Geschichten, kleine kurze Märchen. Ich ließ ihn schlafen, hielt ihn im Arm.

Nach einer ganzen Weile sprach ich von mir, meinen Wünschen. Ich zeigte ihm Fotos aus meinem Leben, von meinen Reisen, meinen geliebten Bergen, von meinen Freunden und meiner Familie. Er begriff ganz langsam, wie sehr mir mein altes Leben fehlte.

Nach und nach ließ er mich auch mal gehen, aber immer nur kurz. Blieb ich zu lange weg, klammerte er sich wieder ganz fest an mich. Irgendwann verstand ich, wie viel ich ohne ihn machen konnte. Wir haben uns in dieser Zeit sehr oft sehr heftig gestritten, beide bockig bis zum Umfallen.

Heute sind wir Freunde, nicht die besten, aber wir streiten nicht mehr. Mein Troll möchte gern unseren Jahrestag feiern. Wir werden verreisen, auf eine kleine Insel; in die Berge möchte er noch nicht.

Aber irgendwann kommt er mit, das hat er mir fest versprochen.

Was uns lebendig macht?

Valentina Dsora

Im Park sitzen. In all dem Lärm von außen die Stille suchen, oder vielleicht auch eher, sie einfach ertragen?

Ich frage mich, ob ihr mich erkennen würdet, oder ich euch. Ich frage mich, ob jemand hier ist und sich auch gerade überlegt, wo er die Kraft hernimmt, für diese möglichst positive Energie, um mit allem so gleichmäßig ruhig umzugehen. Der lieber nicht mit jemandem spricht, weil alles auch allein schon genug ist oder plötzlich zu viel werden könnte. Ich frage mich, ob ich frühmorgens Angst vor dem Tag habe, oder einfach Akzeptanz und Geduld aufbringe. Ob ich die Langsamkeit denke oder fühle. Vielleicht ist die positive Energie die wichtigste aller Stärken? Oder vielleicht ist es diese Kraft, die in der Stille liegt, die mich innerlich schwingen lässt. Ich bin nicht mal unglücklich, nein, ich bin zufrieden, glücklich, beseelt. Aber warum? Noch weiß ich das alles nicht.

Es tut mir gut, im Park zu sitzen. Nichts zu tun. Wäre ich nach dem Arzttermin direkt nach Hause gegangen, hätte ich gewohnte Stille empfunden. Vielleicht auch Einsamkeit. Ich hätte mir bestimmt andere Fragen gestellt.

Eigentlich möchte ich nachdenken. Was ist es, dass mich lebendig macht? Ich atme. Ich sehe die Herbstsonne in dem Rasen, die Kinder, den Mann im Anzug mit dem Handy. Ich höre die zwei Freundinnen vom

Nebentisch, der Bus auf der Straße rumpelt fern. Ich liebe den Herbst. Und die Zeit, die ich hier gerade verbringe. So wunderschön ist das lange weiße Kleid einer Frau, palmenbedruckt, rote Blume im Haar, sie tanzt, ihre Freundin schießt Bilder. Bin ich zur Beobachterin geworden? Heute schon. Ein Baby lacht mich an, rosa Strampelanzug. Ich empfinde eine Zärtlichkeit, eine Verbindung, weil ich das alles gerade erlebe und schreibe.

Habe ich mich sattgesehen, werde ich nach Hause gehen, Schritt für Schritt.

Binsenweisheiten

Mona Schwarz

Seit nun mehr als einem Jahr befinde ich mich in einem permanenten Zustand der Ungewissheit. Mal ist es ein Erwarten, selten eine Gewissheit und oft ein Fragen. Das Leben hat mir viele Gedanken zu seinem Lauf beschert und auch eine gewisse Lebenserfahrung nenne ich mein Eigen. Doch nichts hat mich auf diese Gegebenheit vorbereitet.

Was kann mir helfen? Ich gehe dorthin, wo ich oft Trost gefunden habe und mein inneres Kind sich geborgen fühlt. Ins Bett, mein Bett, welches mich schon lange Zeit begleitet und viel von meinem Leben weiß. Es ist weiß wie die Unschuld, hat diese aber längst verloren. Ich meine das nicht im sexuellen Sinne, alle kranken Tage, nächtliches Grübeln und verweinte Stunden haben sich in das ehemals glatte Holz geprägt wie eine Lasur. Die ersten zwölf Monate fanden ausschließlich liegend statt und nun gestattet mir das Leben die eine oder andere sitzende, gehende oder stehende Minute. Nicht, dass dies allzu vergnüglich wäre, dafür fehlen mir oft genug Luft, Konzentration und Durchhaltekraft.

Also krieche ich erneut in die vertrauten Decken, versuche Zuversicht und Nestwärme gegen diese permanente Berg-und-Talfahrt, das Symptomkarussell und Unverständnis der restlichen Welt zu finden. Dort finde ich die Gesellschaft tierischer Hausgenossen vor, die mich in jedem Daseinszustand zu lieben scheinen. Denn dieser variiert je nach Tagesform sehr stark: Mehr oder weniger aufgeräumt – was sich nicht nur auf mein Seelenleben bezieht. Wichtige Dinge sind in greifbarer Nähe, sodass ich diesen Hort des Rückzugs nur verlassen muss um in Bad oder Küche zu gehen. Viele Nächte sind lang und einsam. Die winterliche Dunkelheit fühlt sich an als wäre ich von der Welt abgeschnitten, in einem kleinen Boot auf dem rauen Ozean.

Es ist warm dort. Unwillkürlich muss ich an Moses in seinem Binsenkörbchen denken. Ebenso hilflos wie er, gelingt es mir nicht, die Richtung zu bestimmen oder die Destination zu erkennen. Es bleibt nur das Vertrauen, in Gott und seinen Plan, die Medizin und meine Resilienz, um auch mit dieser Krise fertig zu werden. Ich reise von dort an unbekannte Orte, in nächtlichen Träumen, durch Briefe oder Bücher. Hin und wieder leistet mir ein freundliches Gesicht Gesellschaft in meiner aufgezwungenen Isolation. Begleitet mich ein wenig auf meiner Reise durch das steinige Tal meiner Krankheit.

Sicherlich hat es Fortschritte gegeben, doch in der menschlichen Natur liegt eine permanente Ungeduld und der Wunsch nach freudigen Erlebnissen. Davon gab es wenige, auch wenn ich sie mir in ruhigen Stunden in Erinnerung rufe um mich zu trösten. Die Hoffnung habe ich nicht aufgegeben, aber allen Luxus wie Erwartungen, Wünsche und Perspektiven. Ich warte einfach dort, wo ich bisher noch jeden Sturm überstanden habe, in meinem Bett.

Filmriss

Dunja Christl

Strahlende Herbstsonne wärmt mein Gesicht. Der kühle Wind streicht sanft über meine Haut und einzelne Haarsträhnen kitzeln meine Nase. Es bitzelt und kribbelt angenehm. Gerade eben war ich, vermutlich zum letzten Mal in diesem Jahr, in unserem Schwimmteich. Ok, nur für maximal eine Minute, aber immerhin. Eiskalt und wunderbar. Leben. Statt am andalusischen Strand zu spazieren wie meine Familie, schaue ich auf das immer gleiche Bild der letzten Monate: unseren Garten. Auch schön. Das gleichmäßige Rauschen der Schnellstraße, unterbrochen vom regelmäßigen Dröhnen der Flugzeugturbinen auf dem Weg zum Frankfurter Flughafen, kann man bei geschlossenen Augen fast mit dem Rauschen der heranrollenden Wellen vergleichen. Auf den Blüten glitzern letzte Regentropfen, Gräser wiegen sich sanft im Wind und weiße Wolken ziehen stumm über meinen Kopf hinweg. Es geht mir gut. Jetzt gerade, in diesem Moment geht es mir gut. In der Sonne kann ich das „Nichtstun" leichter aushalten.

Mit geschlossenen Augen stelle ich mir vor, wie mein Körper Sauerstoffmoleküle hin und her transportiert, zerstörtes Zellmaterial aufräumt, unbekannte Feinde bekämpft und neue Wege baut. Visualisieren ist derzeit mein Zauberwort. Denn eigentlich möchte ich aufspringen und das Kribbeln in meinem Körper in Taten umsetzen: Blumen umtopfen, Laub fegen, die letzten

Feigen ernten oder den Servierwagen von Ikea zusammenschrauben, wenigstens einen Kaffee kochen oder eine Freundin anrufen.

Einatmen. Ausatmen. Visualisieren.

Ich bleibe liegen und tue nichts davon. Aktives Nichtstun. Ich will das Pacing heute unbedingt schaffen. Also greife ich nach den Kopfhörern, schließe die Augen und stelle mir all diese Taten vor.

Eine Woche später. Ich will etwas tun. Mein Sohn hat schon alles vorbereitet: Abdeckplane, Sprühfarbe, Schablonen. Ich gebe von der Liege aus Anweisungen. Wir wollen heute unser Graffitiprojekt beginnen. Seit der Bansky-Ausstellung vor drei Monaten ist es in meinem Kopf. Mats sprüht sein eigenes Werk. Während er sich Buchstabe für Buchstabe vorarbeitet, fixiere ich Schablone und Abdeckungen mit Klebeband: 30 Sekunden kleben, 30 Sekunden ruhen, 30 Sekunden kleben... Ein neuer Therapieansatz, um Übersäuerung zu vermeiden.

Meine Arme zittern trotzdem. Schwach aber glücklich lehne ich mich zurück und schaue rüber. Mats Wand sieht super aus. Es ist schön zu sehen, mit welcher Genauigkeit er erst sein Graffiti sprüht und anschließend meine Schablone. Vorsichtig zieht er Schablone und Abdeckung ab: eine 1A-Bansky-Ratte! Wir strahlen beide. Die Schrift will ich unbedingt selbst sprayen, greife zur Dose und vergesse im Übermut die 30-Sekunden-Regel. Den letzten Buchstaben schaffe ich kaum noch.

Filmriss

Komplette Übersäuerung, die Muskeln machen dicht, die Dose fällt. Als hätte ich einen Rudermarathon hinter mir oder zwei Stunden Boulderhalle. Ich lasse mich auf die Wiese fallen. Wolken ziehen vorbei. Leider wollen die Beine nun auch nicht mehr.

Einatmen. Ausatmen. Pause.

Mats räumt auf. Erstaunlich, ganz ohne Motzen. Wir müssen etwas richtig gemacht haben in der Erziehung. Ich lächle. Solch gemeinsame Projekte sind mit einem Pubertier selten. Glück ist größer als Verzweiflung.

Nächster Morgen. Kaffeeduft. Ich drehe den Kopf und entdecke die Kaffeetasse neben meinem Bett. Mein Mann ist großartig. Ich setze mich auf und will nach der Tasse greifen.

Filmriss

Ich brauche beide Hände, um sie zu halten. Das Sprayen war, mal wieder, zu viel. Heute wird nichts gehen. Ärgerlich denke ich an die beiden Mails, die dringend raus müssen. Ich habe sie gestern schon verschoben, genau wie vorgestern und die Tage davor.

Einatmen. Ausatmen. Kaffee genießen.

Frühstück und Elektrolyte sind wichtig. Der Weg bis zum PC will gut vorbereitet sein. Ich werde die Vormittagsenergie nutzen, um die Mails zu schreiben. Meine Pacinguhr wird mich nach 15 Minuten an das Ende und die nötige Pause erinnern.

Der PC fährt im Schneckentempo hoch. Ein Long-Covid-PC. Schon die ganze letzte Woche hat unser Netz verrückt gespielt. Jetzt synchronisiert die Cloud nicht.

Fehlermeldung: Outlook reagiert nicht. Nichts reagiert, meine Hände leider auch nicht mehr. 15 Minuten sind um.

Filmriss

Pacing = Planen-Priorisieren-Pause-Play. Warum hält sich der F... PC nicht daran? Adrenalin bündelt meine letzten Energiereserven (an die man nie ran sollte), nur um mich um Tage zurückzuwerfen. Ich will laute Musik einstellen, doch meine Finger schaffen keine Feinmotorik mehr. Wut. Erst fliegt der Locher über den Schreibtisch, dann der Papierkorb gegen die Wand.

Einatmen. Ausatmen. Kontrolle.

Arme schütteln, mit den Augen Achten drehen, die Zunge rollen. Ich bin ein Vagusnervprofi und drücke PLAY. Erschöpft auf dem Boden liegend singe ich laut und schief die ganze Wut aus meinem Körper.

Ich möchte tanzen, laufen, schreien... und endlich diese verdammte Mail schreiben.

Einatmen. Ausatmen. Visualisieren.

Ich bleibe liegen und stelle mir einfach vor ich wäre auf einem Rockkonzert.

Fortsetzung folgt

KAPITEL DREI
UN-VERSTÄNDNIS

Man hat kaum Verständnis für das,
was einen selber nicht betrifft, aber
wenn es dann einen selber betrifft,
dann hat man kein Verständnis für Leute,
die dafür kaum Verständnis haben.

Wolfgang J. Reus

Du fragst mich, wie es mir geht?

Joachim Salmann

Du fragst mich, wie es mir geht?
Frag doch meinen Hausarzt!
Er kennt mich schon lange,
hat schon manche Krankheiten mit mir durchgemacht.
Und jetzt ist er ratlos, hat keine Idee,
Leitlinien kennt er nicht, die Krankheit zweifelt er an.
Er weiß es nicht.

Du fragst mich, wie es mir geht?
Frag doch meinen Neurologen!
Er glaubt mir, dass ich Schmerzen habe,
dass ich nicht mehr belastbar bin.
Aber ihm fehlen die Parameter,
er findet keine Ursache.
Er weiß es nicht.

Du fragst mich, wie es mir geht?
Frag doch meinen Röntgenologen!
Er schickt mich durch CT, MRT, EEG.
Was soll er noch alles durchleuchten?
Völlig unauffällig, alles negativ.
Ist das jetzt das neue Positiv?
Er weiß es nicht.

Du fragst mich, wie es mir geht?
Frag doch meinen Neuropsychologen!
Er untersucht in stundenlangen Tests,
was ich mir noch merken kann, worauf konzentrieren,
welches Gepiepse und Geblinke ich erkennen kann.

Nach dem Test bin ich völlig erledigt.
Er weiß es nicht.

Du fragst mich, wie es mir geht?
Frag doch meinen Psychotherapeuten!
In endlosen Gesprächen wird ihm wenigstens klar,
dass ich keine Depressionen habe. Nicht vorrangig.
Doch er sieht auch meinen Frust,
meine enttäuschten Hoffnungen auf Besserung.
Er weiß es nicht.

Du fragst mich, wie es mir geht?
Frag doch meinen Kardiologen!
Er hört die Stolperer nicht, die mein Herz macht,
erkennt nur meinen erhöhten Puls und Blutdruck
In Langzeit-Messung und Belastungs-EKG
sieht er Kurven und kann sie nicht interpretieren.
Er weiß es nicht.

Du fragst mich, wie es mir geht?
Frag doch meinen Pneumologen!
Nach einer halben Stunde im Wartezimmer mit Maske
hört er das Keuchen und Husten.
Aber ich habe nicht mehr genug Luft,
um mein Atemvolumen bestimmen zu lassen.
Er weiß es nicht.

Du fragst mich, wie es mir geht?
Frag doch mein Schlaflabor!
Was ist der Unterschied zwischen müde und erschöpft?
Warum kann ich nachts nicht ein- und durchschlafen?
Warum wache ich auf, ohne erholt zu sein?
Was macht mein Körper in der Nacht?
Sie wissen es nicht.

Du fragst mich, wie es mir geht?
Frag doch mein Gesundheitsamt!
14 Tage nach meiner Infektion wussten sie,

dass ich wieder genesen bin. Ich habe es schriftlich.
Wenn kein PCR Test vorliegt,
wissen sie noch nicht einmal das.
Sie wissen es nicht.

Du fragst mich, wie es mir geht?
Frag doch meine Krankenkasse!
Nachdem ich ihnen 78 Wochen lang
regelmäßig meine Krankmeldung vorgelegt habe,
werde ich ausgesteuert.
Der Fall ist erledigt.
Sie wissen es nicht.

Du fragst mich, wie es mir geht?
Frag doch meine Rentenkasse
Erst schicken sie mich zur Reha,
wo meine Erwerbsfähigkeit festgestellt wird.
Und nach vielen Monaten merken sie dann,
dass das nicht funktioniert.
Sie wissen es nicht.

Du fragst mich, wie es mir geht?
Frag doch mein Versorgungsamt!
Um zu prüfen, ob ich schwerbehindert bin,
lesen sie alle Arztbriefe und -berichte
und ignorieren sie dann,
weil darin nicht steht, wie ich meinen Alltag meistere.
Sie wissen es nicht.

Du fragst mich, wie es mir geht?
Frag doch meine Arbeitsagentur!
Inzwischen ist mein Aktenstapel so groß,
dass sie nach Aktenlage erkennen,
dass ich Arbeitslosengeld bekommen soll,
obwohl mein Arbeitsvertrag noch läuft.
Sie wissen es nicht.

Du fragst mich, wie es mir geht?
Frag doch Arbeitgeber und Kollegen!
Ich sehe sie regelmäßig,
wenn ich meine Krankmeldung abgebe.
Und sie fragen mich, wann ich wiederkomme,
ob Wiedereingliederung möglich wäre.
Sie wissen es nicht.

Du fragst mich, wie es mir geht?
Frag doch meine Kameraden im Verein!
Sie wundern sich, wo ich bleibe,
warum ich nicht mehr regelmäßig komme.
Kann ich noch Mitglied bleiben,
wenn ich keine Leistung mehr erbringen kann?
Sie wissen es nicht.

Du fragst mich, wie es mir geht?
Frag doch meine Selbsthilfegruppe!
Sie kennen all' meine Klagen.
Sie sind die einzigen, die mir geduldig zuhören
und nicken, denn sie kennen das.
Sie sind mitfühlend, aber genauso ratlos.
Sie wissen es nicht.

Du fragst mich, wie es mir geht?
Frag doch meine Freunde!
Mühelos ziehen sie mich bei Kartenspielen ab,
mich, der früher die meisten Spiele gewonnen hat.
Wenn wir ins Gespräch kommen,
komme ich oft nicht mehr mit.
Sie wissen es nicht.

Du fragst mich, wie es mir geht?
Frag doch meine Familie!
Ich melde mich weniger und komme noch seltener.
Und dann bin ich zu nichts zu gebrauchen.
Und bei feucht-fröhlichen Feiern

bin ich der erste, der ins Bett muss.
Sie wissen es nicht.

Du fragst mich, wie es mir geht?
Frag doch meine Frau!
Nachts findet sie keine Ruhe,
wenn ich mich unruhig hin und her wälze.
Und tags muss sie meine Aufgaben übernehmen
in Haus und Hof. Und mich auf der Couch zudecken.
Sie weiß es nicht.

Du fragst mich, wie es mir geht?
Schön, dass Du mich noch fragst!
Ich bin völlig überfordert und weiß nicht, warum.
Ich bin hilflos in meinem Alltag und ratlos.
Ich weiß nicht, wie es weitergehen soll,
ja noch nicht einmal, was gerade mit mir los ist.
Ich weiß es nicht.

Du fragst mich, wie es mir geht?
Ich hoffe, Du fragst mich weiter!
Damit noch jemand da ist,
den es interessiert.

Da ist ja noch etwas Blau am Himmel

Judith de Gavarelli

„Da ist ja etwas Blau am Himmel." Ohne das „ja", wird sie später sagen, ist dieser Satz beinahe wertlos. Das Blau wäre dann zwar trotzdem da, aber sie wäre nicht darin enthalten. So, wie es eben alle möglichen Dinge gibt, in denen sie tagtäglich nicht enthalten ist. Und wenige, von denen sie bemerkt: sie sind ja da. Das „ja" drückt ihr Erstaunen aus, ihr Bemerken, ihre Anwesenheit in der zärtlichen Geste des erstaunten Bemerkens.

Etwas Blau am Himmel ist ja da, ein blaues Anwesenheitsfest nach Tagen der Abwesenheit. In dem Fall übrigens keine metaphorische Abwesenheit, denn der Himmel war diesig von Calima, Feinstaub, ein gelber Dunst, den die Winde aus Afrika auf die Insel tragen, wo sie lebt. Calima, ein Staubteppich in dem sich das Meer bis zur Unkenntlichkeit bricht.

„Wenn der Himmel so ist, unterscheidet er sich nicht von mir", würde sie sagen. Sie würde es sagen, wenn es jemanden gäbe, an den sie solche Worte richten könnte. Jemanden, dem sie etwas von ihrem Nervensystem erzählen könnte, durch das sie sich oft wie eine Fremde in einem verschlierten Spiegel sieht. Eine heimlich in ihren Zellen gesprochene Sprache, die ihr die Welt entrückt wie ein Nebel aus Feinstaub, der von anderen Kontinenten in ihr zu kommen scheint. Hier reden jedoch alle von Mindset und Manifestation und

Opferrolle, was mit anderen Worten heißt: „Du willst nur nicht genug."

Sie will schon, mit aller Intensität, mit der ein Mensch wollen kann, mit allen Werkzeugen, die sich ein Mensch für dieses Wollen zurechtlegen kann, mit aller Liebe, wie sich überhaupt jemand in diese Welt hineinwollen kann. Sie hat nur eine Erkrankung, eine schwere neuroimmunologische, die die Welt entzieht, bis sie sich fühlt wie ein endloser Dunstschleier.

Das wird sie jedoch nicht sagen, weil sie keine Kraft hat, sich gegen das Mantra der Machbarkeitsillusion aufzulehnen, das auf der Insel so häufig gesungen wird. Vielleicht sind deutsche Auswandererszenen überall so, vielleicht auch nur auf der Insel.

Sie wird es nicht sagen, um dem zu entkommen, was angesichts von Krankheit, Gewalt und Tod ebenso falsch klingt wie gegenüber einem Vulkan, einer Flutkatastrophe, einer Hungersnot. Es ist ein schmerzhafter Dauerfehlton, auch wenn er mit elektronischen Heilungsfrequenzen von 525 Hz untermalt ist.

Sie wird es also nicht sagen, ebenso wenig wie sie von dem Erstaunen sprechen wird, dass da ja etwas Blau im Himmel ist, trotz alledem. Beides würde Gefahr laufen, zu verschwinden. Ebenso, wie sie sich wünscht, angesichts der Machbarkeitsmäntel zu verschwinden, die über alles gebreitet werden.

Sie fürchtet, einen Schreikrampf zu bekommen, wenn sie noch irgendwann einmal hören muss, wer aus welchen Gründen "in der Opferrolle" ist. Ein Satz, giftig ausgestoßen, um die Illusion der unendlich machbaren Welt zu erhalten. Ein Urteil, giftig die ausstoßend, die das in Frage stellen. Die ausstoßend, die durch das Gespenst dieser Worte nicht gewordene, sondern gewollte Opfer sind. Schauspieler der Opferrolle, die könnten, wenn sie nur wollten. Wenn sie nur auf die richtige Weise wollten. Wenn sie nur die richtigen Überzeugungen hätten. Wenn sie nur schon so weit wie die anderen wären.

Sie wird denken, dass ein Schreikrampf nicht das Falscheste wäre, wenn sie danach nicht zwei Tage entkräftet im Bett liegen würde. Das wäre es nicht wert. Sie wird es also nicht sagen und sich stattdessen nachts in einen Schlitten legen, der sie warm eingepackt in den Winterwald bringt, fort von den Mantren der Menschen. Sie wird die Einsamkeit des dunklen Waldes vorziehen, in dem die Wölfe heulen und das Ungewisse trotzdem von Möglichkeiten ruft.

Vorher wird sie aber noch etwas tun. Sie wird etwas tun, was vielleicht jemand anders, der sie beobachtet, zu dem erstaunten Gedanken bringen würde: "Sie tut ja noch etwas."

Sie tut etwas Anderes, das unsichtbarer ist als das Schweigen und sogar unsichtbarer als das Sinkenlassen in den Schlitten, der sie fortträgt. Sie wird mit dem Finger auf das Bettlaken schreiben.

Sie wird mit dem Finger auf das Bett schreiben, dass am Himmel ja etwas blau war. Sie wird es schreiben und das andere auch, das andere, den Dunst, außen und innen. Vielleicht wird sie es auch am nächsten Tag in die blaue Nacht ihres Computers schreiben und vielleicht von da aus irgendwo hinlegen, wo Menschen es lesen, die wissen, dass ohne die Worte der Nacht auch das Himmelsblau verloren geht.

Das Himmelsblau, das sich zeigt, wenn sich der Nebel von Staubablagerungen ferner Orte lichtet.

Das Himmelsblau, das den Dunst braucht, um zu einem bemerkbaren Etwas zu werden.

Das Himmelsblau, das durch eine zufällige Gnade ja auch noch da ist, immerzu da.

Es war Herbst, als ich krank wurde

Paulina Gluth

Vor kurzem ist mir aufgefallen, dass mein einjähriges Krankheitsjubiläum naht. Manchmal kommt es mir so vor, als hätte schon mein ganzes Leben nur aus Kopfschmerzen und dem Liegen im Bett bestanden – andererseits denke ich manchmal, dass seit der Infektion kaum Zeit vergangen ist. Wenigstens ist jetzt endlich wieder Herbst, wie damals, als ich krank wurde.

Aus diesem Grund entscheide ich mich für einen Spaziergang auf den Wanderwegen durch die bewaldeten Hügel vor meinem Haus. Ich will gut vorbereitet sein, daher kommen neben Wasser und Handschuhen auch noch das Atemspray und die Schmerztabletten in den Rucksack. Mittlerweile brauche ich die immer weniger, aber ich fühle mich einfach sicherer damit. Der Pfad ist gradlinig und steigt nur kaum merklich an, sodass mein Körper sich langsam auf die Belastung vorbereiten kann. „Wanderweg" ist eigentlich eine Übertreibung für die Route, die ich gewählt habe. Es ist so ruhig, dass ich mich ganz auf meine Gedanken konzentrieren kann. An die Stille als Soundtrack für mein Leben habe ich mich bereits gewöhnt. Es riecht nach Regen, Laub und Erde.

Viele Menschen jammern über den Herbst, weil danach der kalte Winter folgt, dabei ist für mich nichts so magisch wie diese Jahreszeit. Ich liebe die bunten Blätter in Rot- und Orangetönen, zwischen denen sich noch wenige gelbgrüne verbergen, und die Kastanien auf dem Boden. Was gibt es Besseres, als mit einem spannenden Buch oder Podcast auf einem gemütlichen Sofa zu versinken und dabei eine heiße Schokolade mit extra viel Zimt zu trinken?

Außerdem ist der Herbst auch die Jahreszeit der Veränderung, die dazu einlädt, sich von Altlasten befreien, zu reflektieren und das bisherige Leben zu überdenken. Auch wenn danach vielleicht eine harte Zeit folgt, kann nur so wieder etwas Neues entstehen. Vor allem letztes Jahr, als das alles begann, war es für mich sehr wichtig, die Zeit für Reflexion zu nutzen. Mir wurde langsam klar, dass es für mich eben schon eine besondere Leistung ist, an einem Tag sowohl die Wäsche gemacht, als auch die Wohnung gesaugt zu haben – und das ist okay!

Es war vor allem am Anfang schwierig, meinen Vergleichsmaßstab mit anderen jungen Menschen aus meinem Umfeld zu ändern. Schließlich bin ich noch so jung, habe kaum etwas gemacht oder erlebt. Auch wenn das in dieser Form gar nicht stimmt, habe ich das Gefühl hinterherzuhinken. Es kommt mir vor, als würde ich diese *beste Zeit des Lebens* verpassen, wenn so viele Menschen in meinem Umfeld neue Projekte starten, um die Welt reisen und inspiriert werden.

Obwohl ich viele meiner Pläne nicht realisieren kann, habe ich die Zeit genutzt, inne zu halten und mir anzuschauen, was ich eigentlich mit dem Leben anfangen möchte. Welche Lebenswege möchte ich beschreiten? Auf meinem Spaziergang entscheide ich mich für die linke Abzweigung. Diese hat weniger Steigung und das ist gerade durchaus angemessen. Ich versuche vorsichtig zu gehen, auf meinen Körper zu hören und dabei nicht auf eine Eichel zu treten, während sich zwischendurch immer wieder altbekannte und destruktive Gedanken in diese Idylle einschleichen.

Mit der Zeit konnte ich mich etwas von diesen Erwartungen losmachen und ich glaube wirklich, dass der Herbst mir dabei geholfen hat. Ich hinterfrage immer mehr, ob die Zwanziger wirklich die beste Zeit des Lebens sind und ob sie das nur sein können, wenn man tolle Projekte im Ausland macht. Dann ist da auch noch dieser Druck von außen, alles zu etwas Besonderem machen zu müssen. Meistens geht es mir gar nicht so schlecht, aber mein Leben ist eben mittlerweile anders als das der meisten Menschen in meinem Alter. Es ist alles eine Frage der Perspektive.

In der Ferne kann ich einen anderen einsamen Wanderer erkennen, der mich in die Wirklichkeit zurückholt. Der Wanderpfad ist schmal und schließlich kreuzen sich unsere Wege. Ich halte die Luft an. Tröpfcheninfektion, hallt es durch meinen Kopf. Ich habe mir wohl seit ziemlich langer Zeit angewöhnt, das Atmen zu unterlassen, wenn jemand so nah an mir vorbeiläuft. Das ist mir vorher nie aufgefallen. Er grüßt mich und lächelt etwas verschüchtert, während ich versuche, ihm freundlich zuzunicken. Bloß nicht atmen.

Meine Krankheit ist nun ein Teil von mir. Jedoch war ich objektiv betrachtet heute auf einem wunderschönen Wanderweg unterwegs und hatte wahrscheinlich kaum mehr Sorgen als die meisten meiner Mitmenschen. Ich hatte den perfekten Tag im Herbst und schöpfe daraus die Kraft, um auch die nächsten Zeiten gut zu überstehen. Es mag manchen merkwürdig erscheinen, einer Jahreszeit so viel Bedeutung beizumessen. Aber für mich stellt der Herbst eben eine Berechtigung dar, zu pausieren, was ich schließlich sowieso oft tun muss.

Endlich bin ich bei einer Bank angekommen, und obwohl sie noch etwas nass ist, setze ich mich. Endlich eine Pause.

Es war Herbst, als ich krank wurde, und das hat mich gerettet.

KAPITEL VIER
HOFFNUNG

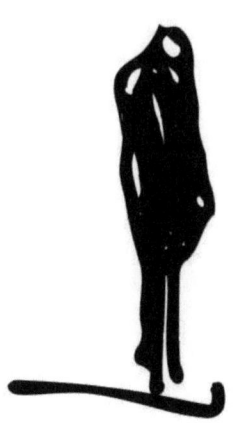

Es ist besser,
ein einziges kleines Licht anzuzünden,
als die Dunkelheit zu verfluchen

Konfuzius

Vom Schreiben und Lesen

Lucia Boll

„Und, was willst du werden, wenn du groß bist?"

Diese Frage haben wir alle wohl mehr als einmal gehört, als wir noch Kinder waren. Nicht Prinzessin, Tierärztin oder Lehrerin, ich wollte Schriftstellerin werden. Das war mein Traum, seit ich im Alter von sechs Jahren das erste Mal ein Buch in den Händen hielt und die Buchstaben endlich Sinn ergaben. Ich wollte Leserinnen und Leser mit meinen Worten verzaubern und in fremde Welten entführen - wie eine Cornelia Funke oder Astrid Lindgren.

Keine Buchhandlung war vor mir sicher. Ich habe als Kind und Jugendliche zahllose Bücher verschlungen, meine Weihnachts- und Geburtstagswunschlisten waren seitenlang – die Bücher mussten ja wieder eine Zeitlang reichen.

Irgendwann, mit neun oder zehn Jahren fing ich selbst an zu schreiben. Eine Pferdegeschichte, die auf einem Hof in Süddeutschland spielt. Ein Mädchen sitzt nach einem Reitunfall im Rollstuhl und muss in den Norden ziehen. Mehr weiß ich nicht mehr. Die Geschichte ist längst verloren. Anders als jene, die ich in den letzten zehn Jahren online veröffentlicht habe oder immer noch veröffentliche.

Es war nicht die verlorene Lust am Schreiben, die mich dazu gebracht hat, den Kindheitstraum vorerst aufzugeben und zu studieren. Vielmehr wollte ich etwas erreichen, womit ich mit größerer Sicherheit Geld verdienen kann. Schreiben wollte ich nebenbei, online und für mich, bis mir irgendwann eine große Idee kommt, die die Leserinnen und Leser wahrlich verzaubert.

Während des Studiums – wenn ich etwa für Bachelor und Master viel lesen und schreiben musste, habe ich in der Freizeit meine Freizeitlektüre öfter liegen lassen und auch kaum in die Laptop-Tasten gehauen.

Doch nie war es so wie jetzt: Es ist, als hätte Corona mir nicht nur die Lust, sondern auch die Fähigkeit zu lesen und schreiben genommen. Als hätte ich verlernt, was fast zwei Jahrzehnte meine größte Leidenschaft gewesen ist.

In den Monaten meiner Krankheit habe ich es immer wieder versucht und ein Buch in die Hand genommen. Doch es bereitet mir keine Freude, die Buchstaben wie durch eine puddingartige Masse von den Augen ins Gehirn zu saugen. Es raubt mir zu schnell die wenige Energie, die ich noch habe. Wenn die Buchstaben und Worte doch einmal im Gehirn angekommen sind, verstehe ich den Sinn und Inhalt nicht. Oder ich vergesse, was ich zwei Sätze zuvor gelesen habe. Ich muss die Sätze wieder und wieder lesen, bis ich erschöpft aufs Sofa sinke.

Beim Schreiben ist es nicht anders. Ich habe Ideen im Kopf, aber die puddingartige Masse verhindert, dass die Worte durch die Hände und Laptop-Tasten aufs Papier fließen können. Stundenlang starre ich auf ein weißes Blatt Papier. Wenn dort dann einmal Wörter stehen, komme ich nicht weiter, weil sich der Nebel im Kopf wieder zuzieht und er von Worten wie leergefegt ist.

Nach über einem Jahr taste ich mich langsam wieder ans Lesen und Schreiben heran. Eine Zeitschrift mit kurzen, zwei- bis vierseitigen Aufsätzen geht; auch wenn man mich nachher nicht zu genau nach den Inhalten fragen darf. Ich lausche regelmäßig (Kinder-) Geschichten oder Büchern, die ich vor Jahren gelesen habe, als Hörbuch, aber das ist genaugenommen kein Lesen.

Diese Worte hier habe ich, auf mehrere Tage verteilt, nicht mit Bildschirm und Tastatur, sondern mit einem Kugelschreiber auf dem guten alten Papier geschrieben. Zufrieden bin ich nicht. Das ist etwas, das ich aushalten muss.

Dafür erfahre ich Freude und Zufriedenheit bei anderen Dingen. Beim Stricken und Makramee, wenn Knoten für Knoten, Reihe für Reihe, Woche für Woche ein kleines Kunstwerk entsteht. Auch beim Malen und Zeichnen. Früher habe ich Malen und Zeichnen gehasst und war mit meinen Ergebnissen absolut nie zufrieden. Nun erfüllt es mich mit Freude und lenkt mich ab von allem, was gerade nicht so gut läuft. So kann ich der kreative Mensch sein und bleiben, der ich schon immer war.

Kampfgeist

Anna Wild

Vom Virus über Nacht verspeist
Wissend, dass es Corona heißt
Alles schmeckt wie Luft
Rosen ohne Duft
Ihr Dorn, endloser Schmerz
Druck auf der Brust, mitten ins Herz
Keine Luft zum Atmen, Angst entsteht
Und meine Welt, die zu Grunde geht

Watte im Kopf, Isolation
Ausgelaugt, ganz ohne Ton
Erstaunen und Ungläubigkeit
Kälte macht sich breit
Das Virus, das seine Kreise dreht
Es nicht weiter geht
Ohne Hilfe, Antwort oder Medizin
Trotz Arzttermin

Viel Dankbarkeit empfinden
Da die Liebsten nicht verschwinden
Ganz fest in den Arm genommen
Mut und Hoffnung bekommen
Weil da momentan kein Ausweg ist
Verzweiflung mich von innen frisst
Doch, weil sie immer bei mir sind
Mein Körper Kraft gewinnt

Wichtig ist, die Situation zu verstehen
Und für sich einzustehen

Wichtiger, die Situation zu akzeptieren
Und etwas Neues zu kreieren
Am Wichtigsten ist die Geduld
Bitte frage nicht nach Schuld
Und ich will, dass du weißt
Da ist noch Kampfgeist

Körper und Geist verbinden
Ein neues Tempo finden
Die Schwäche besiegen
Wieder liegen
Zurück, vor, zurück
Der Glaube ans Glück
Lauthals lachen
Weitermachen

Hoffnung haben
Ausgraben
Nicht rechtfertigen oder entschuldigen
Kostbar sind alle Geduldigen
Mit tausend Funken positiver Energie
Und ein bisschen Magie
Will ich wiedererwachen
Auftanken, einpacken, weitermachen

Aus der Erfahrung lernen
Lernen, es ist das Weitergehen
Bleib nicht stehen
Das Ziel nicht verlieren
Notfalls pausieren
Jeder Schritt, jeder Atemzug
Ein Schritt weiter
Richtung Wohlfühlen

Das Seil

Tanja S.

Es war ein warmer Sommerabend. Ich verbrachte ihn mit einer guten Freundin. Wir saßen im Garten, redeten, lachten. Ich erinnere mich gerne an diesen Abend ... Es war der letzte Abend meines alten Lebens.

Als ich nach Hause fuhr, bekam ich Schmerzen, die nächsten Tage habe ich nur verschwommen in Erinnerung: Ich bekomme keine Luft mehr, überall sind Schmerzen, ich kann nicht mehr aufstehen.

Irgendwann wird es besser. Doch etwas ist anders. Meine Füße stehen auf einem Seil, unter mir klafft ein schwarzer Abgrund. Hinter mir sehe ich mein altes Leben. Mit aller Kraft versuche ich, dorthin zurück zu gelangen. Doch mit jeder Anstrengung fängt das Seil unter mir gefährlich an zu schwanken. Umso mehr ich es versuche, desto eher gerate ich in Gefahr, vom Seil zu stürzen. Ich hasse das Seil, es ist schuld daran, dass ich mein altes Leben nicht mehr erreichen kann.

Die Menschen am Ufer meines alten Lebens können das Seil nicht sehen. Einige behaupten sogar, das Seil gäbe es gar nicht. Ich weiß nicht weiter, setze mich hin und weine. Doch dann höre ich Rufe von anderen. Sie stehen ebenfalls auf einem Seil. Manche sind bereits ein gutes Stück auf ihm vorwärtsgegangen. Von ihnen lerne ich, dass ich langsam gehen muss, anhalten muss, sobald das Seil anfängt zu schwingen. Andere versuchen weiter mit aller Kraft ihr altes Leben zu erreichen. Einige von ihnen sehe ich im Schwarz versinken. Die Kraft reichte nicht, um sich auf dem Seil zu halten.

Es ist nun schon eine ganze Weile, die ich auf dem Seil verbringe. Meistens gelingt es mir, es ruhig zu halten. Doch manchmal ist die Sehnsucht nach dem alten Leben groß, das bringt das Seil zum Wanken. Langsam begreife ich, dass das Seil mir Schutz bietet. Wenn ich auf die Schwingungen achte, bewahrt es mich vor dem Sturz.

Gefährlich wird es, wenn ein Sturm aufkommt. Dieser zieht plötzlich und heftig auf; ein Weitergehen ist unmöglich. Ich muss mich klein machen, festhalten und warten, dass er vorüberzieht. Ich höre den Wind rufen: „ist doch gar nicht wirklich krank", „sieht doch gut aus", „ist bestimmt nur die Psyche", „ich war auch schon müde, man kann sich aber auch anstellen", „ist das immer noch nicht weg?". Das ist schwer auszuhalten, brauche ich doch meine Kraft, um weiterzugehen. Wenn der Wind sich endlich gelegt hat, setze ich meinen Weg fort. Das Seil ist so lang, ich habe das Gefühl nicht voranzukommen. Doch wenn ich über meine Schulter schaue, sehe ich, wie weit ich bereits gekommen bin.

Ein Vogelschwarm begleitet mich, er macht mir Mut. Die Vögel zwitschern mir zu, nicht aufzugeben und dass sie ja da seien. An den stürmischen Tagen versuchen sie, mich mit ihren Flügeln zu beschützen. Einige setzen sich zu mir, geben mir Nähe und Wärme, während ich versuche, dem Wind zu trotzen.

Ob ich den Weg zu meinem alten Leben zurückfinden werde? Das weiß ich nicht. Aber an immer mehr Tagen sehe ich einen hellen Schein am Ende des Seils, ich höre Stimmen, die mir zurufen: „Weiter so, wir können dich sehen!" „Wir warten hier auf dich!" Dort wartet mein neues Leben. Vielleicht wird es anders sein, aber es wird schön – und ich werde es erreichen – bald.

Post-exertionelle Hoffnung

Elisabeth Ganz

Vielleicht kennt ihr das Bild von der Muschel, die ein Sandkorn, das in ihr Gehäuse hineingekommen ist, mit Perlmutt umschließt, um nicht von ihm verletzt zu werden? Ich habe meine Aufmerksamkeit so lange auf das in meiner Hand umschlossene Samenkorn der Hoffnung gerichtet, dass die Hoffnung, ohne dass ich es gemerkt hätte, ein Bestandteil meines Denkens und Fühlens geworden ist.

Es ist Frühjahr 2022 und ich stoße während einer Busfahrt in der Online-Selbsthilfegruppe auf die Formulierung, welche die beste ist, die ich zum damaligen Zeitpunkt höre. Sie verlässt dann für ein paar Tage mein überanstrengtes Gehirn nicht mehr: Long Covid zerschießt das Nervensystem.

Ich erinnere mich nicht, vor Long Covid ein besonders sturer Mensch gewesen zu sein. Mit Long Covid werde ich es. Mein Charakter scheint sich zu verändern und der Krankheit anzupassen. Um genau zu sein, er passt sich der stechenden Angst an, pflegebedürftig oder verfrührentet zu werden. Diesen einen Gedanken nehme ich wie ein Samenkorn in die Hand und halte ihn fest: Ich werde alles dafür tun, um das Leben, das ich möchte, wiederzubekommen.

Aus den unermesslich hohen, rauen, schiefergrauen, tonnenschweren Steinbrocken, welche die Krankheit ins Leben donnern lässt, werde ich mir, egal welches

Werkzeug mir zur Verfügung steht, Neugierde für die Welt, Aufgeschlossenheit den Menschen gegenüber und Verbindlichkeit wieder herausmeißeln.

Und gleichzeitig ist klar: Ein zerschossenes Nervensystem braucht diese Werte nicht. Es braucht ein weiches Bett, Sonnenschein, mittellange Spaziergänge, viel Wasser, Schlaf und gesundes Essen. Darauf eingeschworen, fangen meine Handlungen an, stur zu werden. Ich ordne sie der großen Frage nach „Dem Leben nützlich?" unter. Ich fange die Dinge bei Alpha an und beende sie mit Omega; nachdem ich sie mir ganz genau angesehen habe, entscheide ich mich entweder für das Ganz oder das gar nicht.

Stur gehe ich also so lange allein durch die Streuobstwiesen am Ortsrand spazieren, bis ich den Eindruck habe, der Rest des Dorfes frage sich, ob ich das gerne täte. Stur kaufe ich, so oft es geht, bio, nachhaltig, fair oder gebraucht. Stur gehe ich zur Chorprobe, die Freude und Freundschaft bedeutet. Dort halte ich die von der Musik hervorgerufenen Gefühlsschmelzen und meine in dieser Zeit omnipräsente Unsicherheit Menschen gegenüber aus.

Ich lasse die Labilität nicht an mein Selbstwertgefühl und balle stattdessen die Faust mit dem Samen drin zusammen.

Ich ignoriere stur meinen sich regenden Widerstand, lieber nicht nach meinem Schulden bedeutenden Master-Studium für den Brötchenerwerb hinter der Theke zu stehen. Ich verkaufe Brote, deren Namen ich mir nicht merken kann, gebe Rückgeld, das ich entsetzt hilflos zusammenzählen muss, und schenke Kaffee aus, dessen Zubereitungsprozedur mir verdammt kompliziert vorkommt. Ich schlucke den Widerstand und werde weicher.

Urlaube am Meer und in den spanischen Bergen, Kaffee, Theater und Geburtstagsfeiern flicken meine Seele an Stellen zusammen, an die ich nur mit dem Versorgen von Grundbedürfnissen nicht herangekommen wäre. Ohne die Großherzigkeit der Menschen in meinem Umfeld wäre ich nicht wieder gesundgeworden.

Der Samen aus der Anfangszeit von Long Covid liegt noch in meiner Hand, während ich ein paar Monate später Fünftklässler betreue und mein Kopf immer noch ein Flohmarkt der Gedankengänge ist. Ich muss die Arbeitsstelle noch einmal wechseln und bekomme mehr Arbeitszeit und mehr Verantwortung.

Drei Jahre nach der vermeintlichen Infektion im Frühjahr 2020 kittet zu guter Letzt ein Medikament mein notdürftig aufgepäppeltes Nervensystem an den in meinem Fall entscheidenden Stellen: Kurzzeit-, Arbeits- und Sprachgedächtnis. Plötzlich fließt das Leben nicht mehr durch meine Wahrnehmungsfilter wie ein Sturzbach, sondern es lässt sich einhegen.

Ein verständiger Mensch von der Telefonseelsorge erzählt mir, dass wir 70 % im Leben erreichen, weil wir es wollen. Das ist also mein Samen, denke ich.

Long Covid hat unermessliche Abgründe in mir aufgetan, also liegt mir jede Augenwischerei fern. Ich wünschte mir für meine schlimmsten Feinde nicht, dass sie diese Krankheit bekommen. Ich möchte sie unter keinen Umständen noch einmal erleben. Doch diese Perle ist zu einem Teil von mir geworden: Die Erfahrung, dass ich Schwierigkeiten überwinden kann, die mir zu einem gewissen Moment unüberwindbar schienen und es vielleicht auch – für diesen einen Moment - wirklich waren.

Ich staune für einige Zeit, dass ich das Samenkorn plötzlich gar nicht mehr loszulassen brauche. Es ist Teil von mir geworden.

Kleine Wunder

Max Götz

Selbst jetzt, wenn Frust an Frust sich reiht,
Da muss ich mir doch eingestehen,
Sogar in dieser kargen Zeit,
Kann Ungeahntes noch geschehen.

Im Außen scheint mein Auge blind,
Doch wenn der Blick nach innen sieht,
Ist's recht erstaunlich was ich find,
Ganz Wundersames dort geschieht.

So zeigt sich hier ein bunter Haufen,
Von Teilen nie zuvor gesehen,
Die innehalten oder laufen,
Sich niedersetzen oder stehen.

Mit Stolz erfüllt, ob Groß, ob Klein
Ganz gleich, ob Freude oder Frust,
Folgt jeder seinem Herzen rein,
Trägt ein Gefühl in freier Brust.

Ein jeder hält ein hohes Gut,
Kennt seines Auftrags große Macht,
Ob Angst, ob Trauer oder Mut,
Zieht jeder weise in Betracht.

Ob's Zeit nun ist sich zu erheben,
Oder im Stillen zu verweilen,
Dem eignen Feuer Raum zu geben,
Sich selbst durch Ruhe mitzuteilen.

Denn eins ist klar für jeden Teil,
Der eine einzeln schafft es nicht.
Der Weg ist steinig, weit und steil,
D'rum eint sie alle eine Pflicht.

Im Team gemeinsam zu agieren,
Um so das Große zu bezwingen,
Wohl abgestimmt nur zu marschieren,
Im Kleinen Wunder zu vollbringen.

Man schenkt sich gegenseitig Trost,
Wenn doch mal wer den Mut verliert,
Und niemand ist ernsthaft erbost,
Wenn sich aus Angst mal jemand ziert.

Man weiß um dieser Zeiten Bürde,
Trägt sie mit sanftem Tatendrang.
In wohl bedachter stiller Würde,
Den dornenreichen Weg entlang.

Dass diese Teile in mir weilen,
Lässt tiefe Ehrfurcht mich verspüren,
Das Leid auf viele Schultern teilen,
Stets achtungsvoll einander führen.

Kein Teil wird je allein gelassen,
Das stimmt mich stolz und tief berührt.
Man will sich an den Händen fassen.
Was mich zu einem Schluss hinführt.

Ein solches Team, das gibt nicht auf,
Hält stand, bis es vorüber ist.
Ein solches Team, das läuft den Lauf,
Auch wenn er viele Meilen misst.

Und so vertrau ich tief und fest,
Denn dann wird es vorübergehen.
Hoff', dass mein Team mich nie verlässt,
Im Kleinen Wunder sanft geschehen.

Ich bin ein Glückspilz

Irene Rabenbauer

Bereits im März 2020 infizierte ich mich mit dem SARS-CoV-2-Virus. Wahnsinnige Kopf- und Gelenkschmerzen, Fieber, Erbrechen, Atemprobleme, Schlaflosigkeit und vieles mehr setzten mich Schachmatt. **ABER: Ich bin ein Glückspilz**, denn ich musste trotz heftigem Verlauf nicht im Krankenhaus behandelt werden.

Nach endlosen drei Wochen setzte die Genesung ein. Anfangs saß ich auf der Terrasse, genoss die wärmenden Strahlen der Frühjahrssonne und erfreute mich am ausgelassenen Spiel unserer beiden Hunde. Bald schon waren kleine Spaziergänge durch den Garten möglich. In kleinen Schritten fand ich zurück ins Leben. **ABER: Ich bin ein Glückspilz**, denn ich habe COVID-19 überlebt.

Bereits fünfeinhalb Wochen nach meiner Infektion ging ich wieder zur Arbeit. Erschöpfung, Müdigkeit und kognitive Einschränkungen begleiteten mich, Haarausfall, Geschmacksverlust und Wahrnehmung von penetrantem Schwefelgeruch kamen hinzu. **ABER: Ich bin ein Glückspilz**, denn das Verständnis für meinen desolaten Zustand war groß.

Sechs Monate nach meiner Genesung erlebte ich ein Horrorwochenende mit unermesslich starken Kopfschmerzen; ich fühlte mich in die Zeit meiner Infektion zurückversetzt. Fortan häuften sich die

Kopfschmerzattacken, in immer kürzeren Abständen knockten sie mich aus. Gepaart mit Erschöpfung, Gelenkschmerzen und neurologischen Funktionsstörungen schloss mein Arzt darauf, dass ich zu den unzähligen Long-Covid-Betroffenen gehörte. Einerseits war ich vom Virus genesen, andererseits jedoch nicht gesund. *ABER: Ich bin ein Glückspilz*, denn ich bin nicht bettlägerig und kann mich ohne Hilfsmittel fortbewegen.

Waren Arztbesuche vor Corona eher selten, stehen seither regelmäßige Behandlungen, allen voran beim Neurologen und Orthopäden, auf meiner To-Do-Liste. Post-Covid-Syndrom, Migräne, Tinnitus, Schlafapnoe, Depression, Zerfikalgie, Arthralgie und Vertigo wurden diagnostiziert. Migräne und Tinnitus haben sich im Laufe der Zeit chronifiziert, Vorerkrankungen haben sich verstärkt und Heilprozesse dauern länger. *ABER: Ich bin ein Glückspilz*, denn ich habe kompetente Ärzte an meiner Seite.

Mein Tagesablauf hat sich in den letzten drei Jahren stetig verlangsamt, ich habe gelernt, Wichtiges von Unwichtigem zu unterscheiden. Aufschieberitis gehört nun zu meinem Leben. Was ich vormittags nicht schaffe, bleibt liegen, denn nachmittags schaltet mein Körper in den Energiesparmodus. Meinen Arbeitsplatz habe ich mittlerweile verloren, bei meinem Arbeitgeber verkehrte sich anfängliches Verständnis schnell ins Gegenteil. *ABER: Ich bin ein Glückspilz*, denn mir wurde der Leistungsdruck, den meine verantwortungsvolle Vollzeitstelle mit sich brachte, genommen.

Die Angst vor Reinfektion beherrscht noch heute meinen Alltag. Befinde ich mich mit Fremden in einem

Raum, macht es Plopp, es öffnet sich vor meinem geistigen Auge ein Pop-up mit der Warnung „!CORONA!", und es graut mir. Einkaufen wird zum Spießrutenlauf. Psychotherapiegespräche helfen mir bei der Bewältigung meiner Angststörung, sie sind Balsam für die Seele. Meine Freundesliste hat sich dezimiert, soziales Leben findet de facto nicht mehr statt. *ABER: Ich bin ein Glückspilz*, denn die wertvollsten Freunde sind in meinem Leben geblieben. Sie wissen, dass Schweigen oftmals der lauteste Schrei ist.

Zeitweilig besuchen mich Erscheinungen wie Wortfindungshemmnisse, Gedächtnisprobleme und Verwirrtheit. Da landet dann schon mal das Spülmittel im Kühlschrank oder ein Rauchmelder löst aus. Plötzlich weiß ich nicht mehr, wie die Autotür von innen zu öffnen ist, oder ich stehe orientierungslos mitten auf dem Stadtplatz. Aus Lappalien werden die Balearen und der/die/das Dingsbums hat in meinem Sprachgebrauch ein neues Zuhause gefunden. *ABER: Ich bin ein Glückspilz*, denn ich sorge oft für spontanes Lachen, und Lachen ist die Musik der Seele.

Zu guter Letzt stelle ich mein persönliches Triumvirat vor, das mich leider treu durchs Leben geleitet: Migräne, Tinnitus und Insomnie. Die drei sind die aufdringlichsten und hartnäckigsten Long-Covid-Merkmale, das Trio trifft sich regelmäßig und macht mir tage- und nächtelang das Leben schwer. Mein Leistungsvermögen während dieser Perioden ist gleich null und ich mutiere gern mal zur Zicke. Ehrlich gesagt möchte ich dann nicht mit mir verheiratet sein. Mein Gehirn ist zeitweise außer Betrieb, mein Gang gleicht dem einer Greisin, Ruhe und Dunkelheit sind in dieser Zeit meine besten Freunde. Lässt sich dann endlich, nach einer migränefreien Nacht mutmaßen, dass die Attacke vorüber ist, tripple ich morgens verhalten optimistisch auf Zehenspitzen durch die Wohnung und wünsche mir absolute Ruhe um mich herum, um durch heftige Bewegungen und Lärm ja nicht diesen vernichtenden Migräneschmerz zu reaktivieren und dadurch den phänomenalen Zustand der Schmerzfreiheit zu unterbrechen. ***ABER: Ich bin ein Glückspilz***, denn ich habe einen wunderbaren, verständnisvollen und großmütigen Mann, zwei zauberhafte Kinder und zwei liebenswerte Seelenhunde. Meine Familie ist mein Fels in der Brandung.

Was, wenn doch?

Linda

Was, wenn doch? Was, wenn Du die Liebe meines Lebens bist?

Ich dachte, ich hätte verlernt zu lieben, sei einsam und könnte nichts mehr. Aber was ist, wenn ich es nur nicht sehen konnte? Ich habe bis zum 35. Lebensjahr mein Leben genießen dürfen und alles gemacht, wozu ich Lust hatte, um erfüllt und glücklich zu sein. Ich habe meinen Beruf (40 Stunden) als Berufung gesehen (Physiotherapie), nebenbei Osteopathie studiert und zig sportliche Hobbys gehabt, Freunde, Familie, Kollegen, einen Hund und Pferde und tolle aktive Ausflüge. Ich war absolut glücklich! Natürlich nicht in allen Punkten völlig erfüllt, aber es war toll und irgendwie lief es.

Ich hatte mich nach 18 Jahren Beziehung getrennt und alles alleine im Griff, konnte auch niemanden an mich ranlassen. Plötzlich aber änderte sich alles. Corona kam und ich dachte trotz meines Berufsrisikos: „Ich habe alles im Griff, werde nie krank und das bekomme ich erst recht nicht." Dann habe ich zu einem Patienten gesagt, ich hätte lieber einmal Corona, als die Impfung als eine der ersten testen zu müssen. Drei Tage später hatte ich es dann.

Magen, Kreislauf, Kraft und dann meine Konzentration haben Probleme bereitet. Ich musste erkennen, dass mein Körper mit all den Aktivitäten überfordert sein würde und habe neben der Arbeit nur liegen können. Totale Erschöpfung, aber das würde langsam besser. Nach ca. einem Jahr, wurde vermutet. Es wurde schlechter; immer mehr kam dazu und immer weniger habe ich strukturiert arbeiten, den Haushalt führen oder die Kleidung in sinnvoller Reihenfolge anziehen können. Eine Reha wurde empfohlen, aber die Fatigue und Post Covid haben mir immer mehr Grenzen aufgezeigt. Zu der Einsicht, mein geliebtes „altes" ICH verloren zu haben bzw. für eine Weile gehen lassen zu müssen (und die damit verbundenen Hobbys und tollen Erinnerungen), kam dann die Einsicht, dass ich beruflich auch zurückschrauben musste. Somit kamen finanzielle Ängste dazu und die Symptome wurden noch schlimmer.

Nach zwei Jahren war kein Land in Sicht und ich musste aufhören zu arbeiten und aufhören, gegen mein „jetziges" Ich zu kämpfen. Nichts mit „alles läuft und ich habe es im Griff und liebe mich". Ich musste einsehen, dass ich mein ICH annehmen muss, denn ich kann es nicht durch Zwang ändern und auch nicht die finanzielle Situation, und ich hatte doch absolute Verlustängste! Ist nun alles für die Katz? Verliere ich alles und mich selbst? Somit wurden die Symptome noch schlimmer.

Doch irgendwann habe ich das Positive in meinem neuen Leben wieder gesehen! Es läuft doch trotzdem alles! Ich habe viele positive Erfahrungen gesammelt mit tollen Menschen und Momenten, und ich bin dankbar! Diese Krankheit hat mich noch stärker gemacht! Ich freue mich über kleine Dinge und genieße das, was mir geblieben ist. Je positiver meine Einstellung war, umso mehr Positives habe ich erlebt und umso wertvollere Begegnungen hatte ich in meinem Leben. Man kann nicht negativ eingestellt sein und Positives erwarten. Du strahlst aus, was Du fühlst, und wenn Du glücklich bist, kommt noch mehr Glück zurück.

Also, was, wenn doch? Was ist, wenn Du doch das Beste aus allem machst und glücklich wirst? Was, wenn Du Dich trotz all der Einschränkungen selbst lieben kannst und glücklich wirst? Was, wenn Du auf die Liebe Deines Lebens triffst und was, wenn Du die Liebe Deines Lebens wirst? Was, wenn Du dann doch die Krankheit gehen lassen kannst? Was, wenn Du heilst? Und was, wenn Du Dein „neues" ICH noch viel mehr liebst als Dein „altes" ICH?

Mir sind so viele Menschen begegnet, die mir zeigen, wofür ich lebe, und dass ich noch vielen helfen kann, indem ich Erfahrung und Selbstliebe ausstrahle. Ich habe viele Leute in mein Leben gelassen, wieder zu lieben gelernt, und plötzlich kommen sogar fremde Menschen auf mich zu, weil ich so positiv wirke – wenn ich denn mal Kraft habe, mich unter Menschen aufzuhalten.

Sei stark! Alles im Leben ergibt einen Sinn. Jede Situation ist für etwas gut und jede Person begegnet einem im richtigen Moment – entweder um Dein Leben zu bereichern oder etwas zu lernen! In jedem Fall aber, um stärker zu werden und Dich zu finden!

Stell Dir vor, Du bist auch für all das Positive offen und strahlst es aus? Werden wir dann alle gesund? Wenn die Seele geheilt ist, dann hat der Körper auch die Kraft dazu! Sei geduldig und schalte Erwartungen aus! Erwartungen blockieren uns. Kopf aus, Gefühle an. Ich liebe mich und nehme mich nun auch mit meinen Einschränkungen an. Und vielleicht wirst DU, mein „zukünftiges" ICH, die Liebe meines Lebens?!?

Also, was, wenn es dann doch noch jemanden gibt, der mich genauso liebt, wie ich bin?

Im Nebel

Katrin Ring

Es war vor ein paar Jahren. Wir waren mit unseren Kindern im Urlaub in Irland. Eine wunderschöne Gegend, die Halbinsel Beara im Südwesten des Landes. Grüne Weiden und Wiesen, blaues Meer, steile Klippen, an die die Brandung verlässlich schlägt. Ich hatte mich mit zwei meiner Kinder auf eine Wanderung über den Berg gemacht. Wir wollten auf die andere Seite der Halbinsel und freuten uns auf den Blick auf das Meer, sobald wir über den Felsgrat am Gipfel kommen würden. Wir hatten Proviant dabei. Schönes irisches Wetter: Blauer Himmel mit ein paar Wolken, etwas Wind, Sonne, angenehm warm. Eine Wanderung wie aus dem Bilderbuch!

Wir kamen gut voran. Motiviert suchten die Kinder nach der Markierung des Wanderweges. Eigentlich war es kein Weg im eigentlichen Sinn: Ein Trampelpfad schlängelte sich über Schafwiesen und Bäche, kaum zu erkennen. Jeweils in Sichtweite war eine gelbe Wegmarkierung angebracht. Mal auf einem Stein, mal an einem Zaunpfahl. Ein wunderbares Suchspiel mit bester Aussicht.

Wir kamen höher, schneller als gedacht, vorbei an Schafen, einem kleinen Wasserfall, steilen Felsen. Irgendwann wurde es Zeit für eine Pause. Wir setzten uns gemütlich auf einen Felsen, packten unser Picknick aus und genossen die Aussicht.

Ganz plötzlich änderte sich etwas. Erst war es nur als feuchte Luft auf der Haut spürbar. Dann wurde es richtig kühl. Und dann war plötzlich die Umgebung weg. Von einer Wolke verschluckt. Und wir saßen im dicksten Nebel. Die Hand vor Augen kaum sichtbar. Ein Naturschauspiel! Aber auch irgendwie unheimlich. Wir saßen zwar sicher auf unserem Felsen, aber die gelben Markierungen waren vom Nebel verschluckt. Da war nichts mehr mit Wanderweg. Und auch zu hören war kaum etwas. Der Nebel hatte alles verändert.

Die Kinder wurden schnell ungeduldig. Sie drängten zum Aufbruch. Aber mir war klar: Das geht schief. Wohin sollten wir denn gehen? Wir hätten ja nicht mal gemerkt, wenn sich vor uns eine Felsspalte aufgetan hätte!

Also blieb uns nichts anderes übrig, als abzuwarten. Warten in dem Vertrauen darauf, dass der Nebel sich schon irgendwann wieder lichten würde. Dass der leichte Wind die Wolke, die über den Berggrat geschwappt war, weiter mitnehmen und uns der Blick wieder freigegeben würde. Wie lange es dauern würde, wusste ich nicht. Da fehlte mir die Erfahrung. Mir war nur klar: Irgendwann würde es soweit sein, dass wir zumindest die nächste gelbe Markierung wiedersehen könnten. Und dann wieder die nächste. Und dann möglichst den Weg bergab suchen.

Das schwierigste war dabei, die Ruhe zu bewahren. Denn Panik hätte gar nichts genutzt, im Gegenteil. Also: Hoffnung, Zuversicht, Vertrauen auf die Verlässlichkeit der Natur.

Tatsächlich war es irgendwann soweit. Allmählich wurde die Milchsuppe heller, durchlässiger. Wir konnten ein paar Sträucher ausmachen. Nach einer kleinen Ewigkeit war es möglich, dass meine ältere Tochter ein paar Schritte in verschiedene Richtungen machen konnte – immer in Rufweite, damit sie nicht verloren ging. Und dann die Erlösung: „Ich sehe die nächste Markierung! Hier geht es lang!"

Schnell packten wir unsere Sachen zusammen, fassten uns an den Händen und machten uns vorsichtig auf den Weg. Der Nebel hatte sich soweit gelichtet, dass wir uns von Markierung zu Markierung den Weg zurück ins Tal suchen konnten. Was für eine Erleichterung, als wir endlich vor den warm leuchtenden Fenstern unseres Ferienhauses standen! Und wie unwirklich kam uns dieses Erlebnis vor, als wir erst drin beim Rest der Familie mit einer guten Mahlzeit und warm eingepackt zusammen im Hellen saßen. Und dann verzog sich auch draußen der Nebel und gab den Blick frei auf die Bucht, in die Weite.

Ein Erlebnis, das ich nie vergessen habe. Aber es hat in der Zeit meiner Long-Covid- Erkrankung nochmal eine ganz neue Bedeutung bekommen. So wie mit dem Nebel damals in Irland, so ist es mit dem Brainfog heute. Mein Hirnnebel, der mich daran hindert, mein Leben so zu führen wie vorher. Am Anfang überfiel er mich noch plötzlich und völlig überraschend. Über die Monate, übers Jahr hinweg habe ich gelernt, die Vorzeichen zu bemerken und zu deuten. Ich bin sozusagen wetterfühlig geworden. Ich kann einen sicheren Ort aufsuchen – meistens mein Bett. Und ich habe auch hier erfahren: Es geht vorbei. Es hilft nichts, in Panik zu geraten, dagegen anzukämpfen oder weglaufen zu wollen. Aushalten und akzeptieren. In dem festen Vertrauen darauf, dass sich der Nebel irgendwann wieder lichten wird. Dass wieder Land in Sicht ist. Gut ist es, Proviant dabei zu haben. Und liebe Menschen, die das mit aushalten. Die schon mal den Kamin anheizen und warme Getränke und Geborgenheit bereithalten für den Zeitpunkt, an dem ich wieder dafür bereit bin.

Ich bin froh über die Nebelwanderung damals in Irland. Diese Erfahrung hat mich durch die schlimmsten Zeiten des Brainfog begleitet. Die Gewissheit: Der Nebel wird nicht immer undurchdringlich sein. Und alles, was außerhalb des Nebels ist, existiert weiter. Es wartet auf mich.

Nicht gesucht, aber gefunden

mymy

Seit es mich heimgesucht hat ...
passe ich nicht mehr in die Fenster der Zeit,
kann ich nicht leisten in einer Leistungsgesellschaft,
habe ich keinen Plan in einem verplanten Umfeld,
komme ich aus der Puste beim Höher, Schneller,
                            Weiter,
ist mein Herz aus dem Takt in einer durchgetakteten
                            Welt,
ist meine Liste leer, weil kein *To-do* mehr möglich ist,
bin ich eine Powerfrau ohne Energie.

Seit es mich heimgesucht hat ...
nehme ich mir Zeit für das Wesentliche,
leiste ich mir, nichts zu tun,
lasse ich planlos Geschehen im Gegenwärtigen,
ist mein Dreischritt tiefer, langsamer, näher,
höre ich auf mein Herz,
fülle ich mich auf mit allem, was nährt,
bin ich auf der Insel, für die ich reif war.

Habe ich ein Leben gefunden,
nach dem ich gesucht habe?
Zwangsläufig?

Traumfänger

Valentina Dsora

Ich und eine Spinne
Im Flockenlaut der Stille
Rasch klopft mein Herz

Vergangen liegt der Tag
Ein Schweif bricht an
Ins ungebändigte Dunkel

Die Spinne sitzt im Netz
So lautlos wach wie ich
Erwarten wir den Traum

Du trägst mich

Max Götz

In meinem Traum bin ich auch mal Vater,
Mit Frau und Kind und vielleicht einem Kater.
Einem kleinen Haus irgendwo auf dem Land,
Am Sonntag fahren wir manchmal zum Strand.
Ich halte ihn schlicht, verehrtes Gericht,
Weil allein dieser Traum meine Finsternis bricht

Kleines Glück

Christiane Busch

Das Positive nicht aus den Augen verlieren, eine kleine Geschichte beizutragen, es will mir lange Zeit nicht gelingen. Ich versuche die kleinen Dinge festzuhalten, doch sie entgleiten mir wieder und wieder. Die schönen Gedanken machen sich davon, wollen sich nicht zu einer Geschichte zusammenfügen. Erst Monate später, völlig unerwartet, schlägt mein Leben plötzlich um, wird durcheinandergewirbelt, es geschieht etwas, so überraschend und schön.

Vorerst aber plätschert der Sommer vor sich hin und ich versuche, die Kleinigkeiten meines Lebens zu genießen. Viel ist es nicht und die Hoffnung zu behalten ist schwer. Zwischen der Suche nach Erklärungen für meinen körperlichen Zustand und dem Versuch zu entspannen und darauf zu vertrauen, dass alles wieder gut wird, lebe ich so vor mich hin. Oder besser gesagt, ich existiere.

Das Coronavirus hat wohl mein Nervensystem, vielleicht meine Blutgefäße, oder auch mein Herz angegriffen. Keiner weiß es, man kann es nicht so einfach sehen. Das Einzige, was man nachweisen kann, ist POTS, und dies alleine schränkt mein Leben schon hinreichend ein. Für eine vernünftige Kommunikation muss ich meistens liegen, aufrecht kommt zu wenig Blut in meinem Kopf an, mir wird schwindelig und ich kann weder klar denken noch sehen. Man sieht es mir nicht an, ich muss mich oft erklären, und hoffen, dass ich verstanden werde.

Um mich zu schützen, grenze ich mich ab, gegen Stress, gegen Emotionen, ja auch gegen Freude. Mein Körper kann damit nicht umgehen, es fühlt sich merkwürdig an, und wenn mich jemand fragt, kann ich es nur schwer beschreiben. Es ist wie ein inneres Vibrieren, es pfeift und drückt im Kopf, mein Herzschlag ist zu schnell und um die Brust wird es eng, auch wenn Schönes geschieht. Das Einzige, was ich zulassen mag, sind die schönen Stunden mit meiner Tochter, das ist vertraut und tut gut. Manchmal die Besuche einer Freundin, wenn sie nicht zu spontan sind. Denn dann rebelliert mein Nervensystem wieder, es braucht Vor- und Nachbereitung. Diese Krankheit ist solch eine Einschränkung.

Als der Herbst beginnt, schotte ich mich zunehmend ab, die Symptome verschlechtern sich, ich lege mir einen emotionalen Schutzmantel zu. Mag einfach nicht mehr. Neben den unvermeidlichen Arztbesuchen raffe ich mich auf, zu meinen Therapien zu gehen. Viel Hoffnung habe ich nicht, bin skeptisch, aber will auch nichts unversucht lassen. Es fällt mir schwer zu vertrauen, mich schon wieder auf einen fremden Menschen einzulassen, mich zum wiederholten Male zu erklären, eigentlich bin ich es leid.

Und dann passiert etwas Wunderbares und Unerwartetes. Etwas, das einfach so schön ist, dass es mir nicht gelingt, länger in meinen Schutzmantel zu verharren. Und ich lasse mich mitnehmen auf eine Reise, die Hoffnung birgt, weil mir jemand helfen mag, vielleicht sogar kann und mir mit einer Zuneigung begegnet, die ich nicht für möglich gehalten hätte, ja, die mich staunen lässt. Es ist der Beginn einer Reise, mit der etwas sehr Persönliches, Besonderes, entsteht und ich spüre wieder einen Teil meines Ichs, den ich längst verloren geglaubt hatte.

Mein Körper fühlt sich nach wie vor seltsam an. Es macht keinen Spaß, verstehen zu müssen, ob eine Symptomverschlechterung durch eine anstrengende Übung entsteht oder durch zu viele Glückshormone. Diese Krankheit lässt mein Nervensystem paradox reagieren. So übe ich nun, die Balance zu finden, zwischen Unwohlsein und Glücksgefühl. Doch ich existiere nicht mehr nur, ich nehme wieder bewusst wahr, erlebe Glück und Zufriedenheit, und das, trotz meiner Einschränkungen. Ich kann Traurigkeit zulassen, ohne dass es mich erdrückt. Das Lachen fühlt sich wieder leichter an. Es ist Zeit für Gespräche und viele Berührungen. Ich werde immer wieder darin bestärkt, fest daran zu glauben, dass es mir wieder bessergehen wird. Vielleicht ist es der Beginn einer sehr liebevollen und besonderen Freundschaft. Vielleicht ist es der Beginn meiner Heilungsreise. Vielleicht sogar alles zusammen.

Diese Begegnung ist noch jung und sensibel, ein kleines Glück, das man festhalten möchte und vielleicht doch nicht kann. Doch ganz bestimmt aber, ist es eine wunderschöne Erfahrung, um das Positive nicht aus den Augen zu verlieren.

KAPITEL FÜNF
GLAUBE & SPIRITUALITÄT

Glaube,
der im Herzen wohnt,
wirkt Wunder.

Andreas Tenzer

Deine Zeit

Maria A. Sinning

Du, Gott, teilst die Zeiten des Lebens ein,
die Hoffnung, die Freude, das Lebensglück,
mischt Abschied und Trauer und Schmerz hinein.
Doch einmal nimmst Du die Zeiten zurück.

Refrain
Von Dir kommt die Zeit, kehrt zu Dir auch zurück.
Mach das Herz mir bereit, für den dankbaren Blick.
Von Dir kommt die Zeit, kehrt zu Dir auch zurück.
Mach das Herz mir so weit, für den dankbaren Blick.

Warum sich zum Glück auch die Trauer gesellt,
die Not und der Zweifel, die Angst und das Leid,
dafür ist so oft mir der Blick verstellt,
bin für Deine Wege ich noch nicht bereit.

Refrain
...

Doch wenn sich dereinst meine Tage neigen,
mein Sehnen, mein Wünschen für immer dann ruht,
- vertraue darauf - stimm' ich ein in den Reigen
der Engel, die singen: „Es war alles gut."

Refrain
...

Bewegende Zeiten

MW

Die Welt dreht sich weiter, die Zeit steht nicht still.
Ich sitze nur so da,
denn mein Körper funktioniert nicht so, wie ich will.
Ich möchte so gerne vorwärtsgehen,
doch mein Leben lässt mich im Regen stehen.

Dennoch versuche ich Schritt zu halten,
mein Leben bestmöglich umzugestalten,
mich darauf einzustellen und mit der Situation
                              umzugehen.
Und dann gehe ich zu weit
und nichts funktioniert mehr gescheit.
Danach liege ich wieder fast weinend im Bett.
Schmerzfreie Zeiten - das fände ich nett.

Doch leider ist es oft erst zu spät zu sehen,
wann ich darf nicht weitergehen.
So versuche ich selbst, wenn es scheinbar besser um
                              mich steht
und ich den Eindruck habe, dass da noch was geht,
dem inneren Drang zu widerstehen,
um nicht erneut über meine Grenzen zu gehen.

Wird es jemals weggehen?
Ich kann es nicht sagen,
doch ich weiß mit Gewissheit: Ich werde getragen.

So stolpere ich vorwärts,
mein Weg geht weiter.

Du Herr bist mein treuer Begleiter.
Du trägst mich jeden Berg hinauf.
Gemeinsam überwinden wir das auch.
Dank dir kann ich (innerlich) aufrecht stehen.
Dank dir kann ich glücklich durchs Leben gehen.

Es läuft nicht gut, doch ich bin nicht allein.
Du, Herr, stehst Tag für Tag für mich ein.
Und es ist unumstößlich, dass es nicht schlecht um
                                    mich steht,
so lange der eine mit mir geht.

Egal, ob aufrecht oder in der Horizontalen.
Ich bin dir dankbar
für Hoffnung, Zuversicht, meinen Mann, mein Leben.
Du hast mir unglaublich viel gegeben.
Und egal, was kommt, egal was geht
– du bist und bleibst der eine,
der vor, hinter und zu mir steht!

Im Fluss

Bianca Rajesy

Wie in einem wilden Fluss werde ich immer weiter aus dem Leben gerissen. Erst ist er noch schmal und ruhig; nur nachmittags nach der Arbeit muss ich liegen. Ein Stückchen weiter den Fluss hinauf kann ich auch die Wochenenden vergessen. Unbeteiligt fließe ich dahin, kraftlos und müde.

Plötzlich reißt mich die Strömung erst aus dem Arbeitsleben, dann aus dem Alltag. Wilde Wellen aus Schmerzen, Brainfog, Belastungsintoleranz ziehen mich mit sich. Ich versuche, mich am Ufer festzuhalten, herauszuklettern aus dem Strudel verlorener Träume und Lebensinhalte. Weder körperlich, geistig noch seelisch habe ich die Kraft dazu. Ich rudere mit Händen und Füßen, strample um mein Leben und rufe. Wasser umspült mich, hat die Macht übernommen.

In der Reha öffnet Gott die Hand, schmeißt viele Rettungswesten vom Himmel. Mein Mann, meine Kinder, meine Freunde, Familie, Mitpatienten, Therapeuten und Ärzte, die Selbsthilfegruppe – jeder schnappt sich eine. Mit diesem Schutz steigen sie ins Wasser und halten mich, bis der Fluss breiter wird, sich ins Meer ergießt und wir hoffentlich gemeinsam ans sichere Ufer schwimmen und aussteigen können.

Prayer Elemente

Paula Post

Des Nachts bebten mein Kopf und Herz. Ich wusste
nicht, ob ich wieder erwachen würde am nächsten
Morgen.

Im Wald bat ich
die Waldgeister um Zauber,
die Bäume um Wurzeln
und die Erde um Schutz.

Des Nachts erwachte ich schweißgebadet und durstig.
Ich wusste Realität und Traum nicht mehr zu
unterscheiden.

Am Meer bat ich
die Seepferdchen um Lebendigkeit,
die Wellen um Vergänglichkeit
und das Wasser um Klarheit.

Des Nachts erwachte ich mit fiebrig glühendenden
Schmerzen. Ich wusste nicht, wie ich mich betten
sollte.

Am Feuer des Kamins bat ich
die Hexen um innere Stärke,
die glühenden Funken um Licht,
das Feuer um Heilung.

Des Nachts erwachte ich nach Luft schnappend. Ich
wusste nicht, ob meine Lunge genug Sauerstoff
bekam.

In den Bergen bat ich
die Adler um tragende Winde,
die Wolken um Geduld,
die Luft um Sättigung.

KAPITEL SECHS
HUMOR

Zynismus:
Humor in schlechtem Gesundheitszustand.

Herbert George Wells

Im Arztzimmer

Anna Wild

Heute liege ich wieder hier
Schau auf die weiße Wand im Arztzimmer
Mein Gehirn voll Nebel liegt neben mir
Und fragt: "Bleibt das für immer?"

Du bist doch noch so jung
Jetzt fehlt dir der Schwung
Und alle lassen dich allein
Das soll so nicht sein
Du siehst gar nicht krank aus
Und doch kannst du nicht raus

Worte, die versuchen zu verstehen
Und dann weitergehen
Mich strecken sie nur immer wieder
Auf meine Knie nieder

Der Arzt sagt, ich kann das verstehen
Sie wollen doch nur Ihr Leben zurück
Doch müssen wir sehen
Was geht, Stück für Stück
Und weil er nicht helfen kann
Fangen wir von vorne an

Erst Schwindel, dann Übelkeit,
Nebel im Kopf, nie schmerzbefreit
Eine Erschöpfung, die zu Boden zwingt
Sodass nichts mehr gelingt

Erschlagen von der Krankheitsmacht
Nach einer schlaflosen Nacht
So liege ich hier im Arztzimmer
Mit Blick auf die weiße Wand
Ich frage mich: „Bleibt das für immer?"
Und beruhige meine zitternde Hand

Ich schreie in die Stille
Da packt mich der Wille
Die Hoffnung flammt auf
Ich freue mich drauf

Denn eins ist klar
Ich bin noch da
Und ich und mein Gehirn
Bilden ein Zweigestirn
Ich will leben
Dafür werde ich alles geben

Brief an Frau Sprachlosigkeit

Andrea Tag

Konzentra Tione • Hoffnungsweg 17 • 12345 Berlin
Wortfabrik Silbenfuß
- Abt. Findenix -
Frau Sprachlosigkeit
Nebelwinkel 666
45678 Dudenhofen   Nov 2023

Reklamation Suchspiel und Zustellung

Sehr geehrte Frau Sprachlosigkeit,

im Winter 2019/2020 habe ich von Ihnen die kostenlose Firmware Virusana Coronus 1.0 erhalten. Leider habe ich versäumt, das dazugehörige Abonnement fristgerecht zu kündigen, sodass ich nun mehrmals im Monat Ihre Suchspiele der Marke Dunkelfog mit frei erzeugten Wortkombinationen per Sonderzustellung erhalte.

Ich bin ein Mensch, der Neuem gegenüber aufgeschlossen ist und schon vor unserem Vertragsverhältnis kreativen Wortspielraum positiv entgegenstand und diesen auch integrierte. Sprache soll Spaß machen und inspirieren. Diese beiden Faktoren kann ich leider bei den Ihnen mir zugestellten Produkten nicht erkennen.

Des Weiteren weise ich darauf hin, dass die von Ihnen gewählte Verpackungsart nicht nur umfeldstörend ist, sondern auch ein enormes Energiepensum benötigt, das Verpackungsmaterial zu entsorgen. Es ist vollkommen unnötig, die Produkte in einem über alle Verhältnisse stehenden Schwarzraumbehälter zu verstauen und sie dort mit einer Extraschicht Dämmmaterial und Watte zu umhüllen. Da es sich bei den Wortkombinationen um kleine bis mittelgroße Artikel handelt, ist eine transparente Verpackungseinheit um ein Vielfaches sinnvoller.

Zu guter Letzt lassen die von Ihnen beauftragten Dienstleister keine feste Terminvereinbarung zu, sodass mich diese zu unterschiedlichen Tageszeiten erreichen und meinen gut durchgetakteten Ablauf stören – insbesondere bei wichtigen Anlässen.

Ich bitte eingehend darum, ab der nächsten Zustellung die Verpackungseinheiten anzupassen und die von Ihnen beauftragen Zustelldienste anzuhalten, auf nächtliche Termine auszuweichen. Außerdem rege ich an, eine Überarbeitung der Produkte vorzunehmen, um einen sinnvollen Nutzen zu gewährleisten und somit von Gestaltungsformen, die komplizierte Geisteswindungen hervorrufen, abzusehen.

Sollten Sie meiner Beschwerde nicht nachkommen, sehe ich mich gezwungen, eine ergotherapeutische Spezialeinheit zu beauftragen und Ihr Unternehmen bei der Fernlichträtselstelle der Wortakrobatik anzuzeigen.

Ich freue mich über eine positive Entwicklung der Angelegenheit.

Mit freundlichem Gruß

Post-Covid Hitparade

Marina Frida

Völlig erschöpft, aber auch wütend und hilflos, gehe ich aus der Hausarztpraxis zum Parkplatz. Setzt mich in mein Auto und schalte das Radio an: *Theater, Theater* tönt mir Katja Ebstein ins Ohr und ich denke: PASST!!!

Und während das Auto den Weg kennt, kann ich mein surreales Kopfkino einschalten.

In meinem Beruf wurde ich von Kinderhänden *tausendmal berührt und tausendmal ist nix passiert, doch dann hat's Bum gemacht* seitdem ist mir klar: *dieser Weg, wird kein leichter sein.*

Denn *die Module spielen verrückt,* täglich *Flugzeuge im Bauch, am Abend hab' ich Kopfweh, völlig losgelöst* und mit *Herz über Kopf,* sehe ich *Schatten an der Wand.*

Atemlos durch die Nacht, ist mein körperlicher Favorit. *Und immer wieder geht die Sonne auf,* noch *Schachmatt,* gönne ich mir *Himbeereis zum Frühstück.*

Ganz in Weiß, mache ich mich fertig für die Arbeit und überlege *Barfuß oder Lackschuh? Weiß der Geier,* wie ich es schaffe *über sieben Brücken* dort anzukommen.

Simply the best, denke ich, jetzt aufrecht gehen. Doch meinen Kolleginnen steht es ins Gesicht geschrieben, dass sie am liebsten sagen würden: *Wadde hadde du denn da?*

Bekomme Ratschläge: Dat Wasser vun Kölle is joot oder *Es ist noch Suppe da.*

Die Gefühle haben Schweigepflicht, versuche mich zu konzentrieren, doch in meinem Kopf *fährt ein Zug nach nirgendwo* und dann ruft man mir auch noch zu: *Du hast den Farbfilm vergessen.*

Scheiße, früher war alles so einfach, man musste nur *den Nippel durch die Lasche ziehen.*

Zu Hause wartet *das bisschen Haushalt, Extreme* fühle ich und wünsche mir *ein Bett im Kornfeld.*

An guten Tagen, denke ich: *Wenn nicht jetzt, wann dann?* Ich *düse im Sauseschritt, mit 99 Luftballons, die Hände zum Himmel, fühle mich geboren um zu leben,* kann unbehindert atmen und ein Gefühl von *Freiheit ist das einzige, was zählt.*

Illusionen hast Du Dir gemacht, denn in der Nacht, *ich glaub es geht schon wieder los* und mein Mann sieht: *Tränen lügen nicht. Verdammt ich lieb dich und morgen früh, küss ich dich wach* tröstende Worte, in seiner eigenen Hilflosigkeit. *Halt mich noch einmal fest*, flüstere ich.

Verdamp lang her, da war ich die *Dancing Queen*, stand *bei sieben Fässer Wein,* war die, *die immer lacht*, schrie am lautesten: I*ch will Spaß*, trank nebenher *10 kleine Jägermeister*, war ständig im *Abenteuerland*, war auf Mallorca, zwischen *zehn nackten Friseusen* und hatte eine *superjeile Zick*.

Doch *Wahnsinn, warum schickst du mich in die Hölle*, Pillendreher, Rechtsversteher, Cortison und Krankenhaus, Pari-Boy, Vitamin C, Super Food, Rehabilitation, Massagen, Ärztemarathon, Therapie und noch viel mehr, wäre einfacher, *wenn ich der König von Deutschland wär'*.

Wer soll das bezahlen – wer hat so viel Geld? Ach, ich wär' so gerne Millionär. Mamma Mia, im geheimen spiele ich einen *Ba-Ba-Banküberfall* durch.

Eins ist klar, wir Post-Covid-Erkrankten *steigern das Bruttosozialprodukt*, sind dabei am finanziellen Abgrund und *Hey Boss ich brauch mehr Geld* ist für viele ohne Boss nicht möglich.

Und *wenn sich alles in Kreisen beweg*t, dann schalte ich meine ganz besondere Facebook-Gruppe an. *Echte Fründe ston zesamme*, tägliche virtuelle Umarmung und Aufmunterung, *ein Hoch auf uns, we are the Champions, gib nicht auf und - was wir alleine nicht schaffen, das schaffen wir zusammen.*

Da spüre ich *ein bisschen Frieden-,* und der *Mensch bleibt Mensch. -*

Mittlerweile hat mich mein Auto nach Hause ge-fahren, *es liegt was in der Luft, ein bisschen Aroma.*

Mein Mann ruft, *der Kaffee ist fertig.* Ich fühle, *er gehört zu mir* und ich weiß, *was ich will.*

Alles hat ein Ende, nur die Wurst hat zwei, und *mit sechsundsechzig Jahren, da fängt das Le-ben an.* Das sind noch fünf Jahre, dann sitze ich wieder mit *Herzilein in der kleinen Kneipe in unserer Straße,* trinken *griechischer Wein, aber bitte mit Sahne* und *tanze mit mir in den Mor-gen.*

Das ist *my way.*

Katzen-Leben 2.0

Heidi Terpoorten

Sie dachte wohl, dass ich vor ihr abnippel. Doch so leicht schleiche ich mich nicht davon! Als Kater von Welt lass ich doch meine Menschenfrau nicht allein, schon gar nicht, seitdem dieses dämliche Virus ihr lauter Monster beschert. Zur Verwunderung der Weißkittelfrau und meiner Menschen habe ich entschieden, noch eine Weile hierzubleiben und Heidi zur Seite zu stehen. Denn sie kämpft seit Herbst 2022 gegen so einige Monster. Doch begegnen ihr auch rettende Engel von nah und fern und vor allem hat sie mich: Ihr rotes und ältestes Katzentier im Haus, ich zeige ihr, wo es langgeht.

Denn, was sie ja irgendwie überhaupt nicht so gut kann wie wir Katzen, insbesondere ich mit meiner langen Lebenserfahrung, ist das Pausieren, Ausruhen, zu lernen, sorgsam mit den Kräften umzugehen, wenn es nicht mehr so geht wie früher.

Sie sagt immer mal wieder: „Samuel, gut, dass du da bist! Dein Rhythmus: Bewegung, futtern, ruhen, ein bisserl räkeln, ruhen, kurz die Nase in den Garten stecken, eine Runde drehen, Katzenwäsche betreiben, futtern und ruhen, die Wärme der Sonne, das Grün und die Farben der Blumen genießen und wieder ruhen, genau das schau ich mir ab!" In langen Gesprächen, sie auf der Couch, ich auf meinem Kissen auf dem Kratzbaum direkt daneben, einigten wir uns darauf, dass die richtige Balance dabei das Wichtigste ist. Wenn sie mal wieder zu viel macht und die Monster dann die Überhand gewinnen, reicht ein strafender Blick von mir und sie weiß Bescheid.

Zwischendurch musste ich meinen Unterricht mit ihr pausieren. Sie begab sich in die Hände uralter Menschenmedizin, wie sie sagt, in Indien. Danach war sie echt viel besser drauf und viel fröhlicher; sie wirkte wieder so fit wie ich als junger Kater! Der Sommer mit ihr hat wirklich Spaß gemacht, endlich hatte sie Zeit für mich und für die anderen von uns, auch wenn ab und zu ihr Menschenhirn einige Aussetzer hatte und sie Essig ins Nudelwasser kippte oder sie im Auto den Scheibenwischer nicht mehr abschalten konnte.

In den letzten Wochen konnte ich mich von der schweren Pflege und der Monsterabwehr etwas erholen, denn da war sie schon wieder weg. Die Menschen nennen es Reha. Und jetzt bin ich wieder gefragter denn je. Denn der Kampf gegen die Monster geht wieder von vorne los! Und dabei hat sie mir fest versprochen, gut auf sich aufzupassen und sich immer mich zum Vorbild zu nehmen.

Ihre Laune ist im Keller, sie stören die Fliegen an der Wand. Zum Glück bekommt den Ärger nur ihr Menschenmann ab; mit mir ist sie immer unendlich geduldig und liebevoll im Umgang. Ich will ihr auch nichts Anderes geraten haben!

Zum Glück lernte sie in der Reha weitere menschliche Engel kennen. Sie erkannte, dass sie eben zurzeit nicht wie gewohnt am Leben teilnehmen kann. Anscheinend musste sie auf die harte Tour lernen, dass sie, nur, wenn sie gut auf sich aufpasst, auch ab und an etwas unternehmen kann. Bei längeren Wegen, die fallen mir ja auch immer schwerer, ist sie jetzt mit so einem Rollteil unterwegs – da muss sie nicht einmal selbst laufen! Sowas hätte ich auch gern.

Jeden Abend, wenn ich meine Medizin bekomme, schaue ich mitleidig auf ihre vielen Flaschen und Pillen und denke mir nur: Sind die doof, die Menschen? Sie erzählt mir dann, dass es immer noch keine Weißkittelmedizin für Menschen gibt, die diese Monster wirklich gut bekämpft. Ich tröste sie dann und lege meine Pfote auf ihre Hand. Sie streichelt mich und gemeinsam machen wir uns auf den Weg zur Couch. Und einfach so, ist es wieder Abend geworden.

Bodytalk

Heike Skidmore

Heike: „Moin Moin!"

Beine: „Moin! Wir brauchen heute ein bisschen Bewegung. Wollen wir spazieren gehen? So richtig schön ausgiebig – zur Bibliothek und zurück vielleicht? Die ganzen 1,5 km? Müssten wir schaffen!"

Lunge: „Nie im Leben!"

Bauch: „Wir haben Hunger, Hunger, Hunger, haben Hunger!"

Lunge: „Oh, gar nicht so schlimm wie gedacht. Geht ganz gut. Merci für die frische Luft – tut gut!"

Beine: „Oh, oh, oh, langsam. Ganz langsam!"

Alle Muskeln im Chor: „Error – Error – Error!"

Bauch: „Nee, stopp, nicht hungrig. Mir ist schlecht ... Obwohl ... Gibt's da in der Bibliothek was zu essen?"

Seele: „Können wir mal wieder ein bisschen unser Sozialleben auffrischen und unter Leute gehen? Vielleicht mit dem Bibliothekspersonal quatschen?"

Mund: „Ok. Gib mir einfach all die schönen Worte. Klare Worte, schöne Sätze. Wie das jeder andere so macht. Nein, kein Denglisch. Kein Kauderwelsch. Bitte, sauberes Deutsch. Richtige Grammatik und so.

Und, wenn es nicht zu viel verlangt ist: In 'ner angemessenen Geschwindigkeit. Wir wollen beim Gegenüber nicht den Eindruck hinterlassen, wir hätten 'nen Schlaganfall, oder sind morgens um 11 Uhr schon hackedicht!"

Sprachzentrum: „Haha, ich lach' mich tot. Viel Glück, Leute!"

Körper: „Alle mal ganz langsam machen! Wir gehen jetzt ganz gemächlich nach Hause. Wenn möglich, stellen wir uns unter die Dusche, wir schwitzen immerhin wie 'n Schwein, und legen uns dann schön aufs Ohr. Ist immerhin schon satte drei Stunden her, dass wir geschlafen haben."

Schuldgefühle: „Bitte, bitte, können wir diesen ganzen Scheiß hinter uns lassen und wieder in unser normales Arbeitsleben zurückkehren? Bitte!"

Alle: „Haha, du Clown!"

Bauch: „Was gibt's zum Frühstück? Ist schon nach 11 Uhr."

Kopfschmerz hüpft happy durch die Tür: „Alles roger, Leude?"

Haut: „Ich will ins Warme, in die Sonne, mit Meer, Vitamin D und Strand und so."

Heike: „Ich würde lieber mal wieder die Familie besuchen?!"

Körper: „Seid ihr beide verrückt geworden? Ihr erinnert euch schon noch an letztes Weihnachten, und wie wir uns alle nach dem Heimatbesuch gefühlt haben, inklusive mehrerer wacklige Trips auf die Flugzeugtoilette?"

Psyche: „Wooooaaaah – genau meine Party hier!"

Seele: „Alle mal ganz tief durchatmen! Unsere nächste Therapiesession ist gebucht, und unsere Fingerchen journalen sich ganz wund seit anderthalb Jahren."

Körper: „Es ist 20 Uhr, ihr Herzchen. Lasst uns ins Bett gehen und ganz schnell, ganz tief ins Traumland abtauchen."

Schlafstörung am Boden rollend: „Ihr seid zum Totlachen!"

Hirn: „Ich hab' null, aber wirklich null Ahnung, wer ihr alle seid und um was es hier geht. Und wo zum Teufel kommt dieser ganze Nebel her?"

Heike: „Ruhe! Seid jetzt alle mal still und lasst mich in Ruhe. Dann können wir vielleicht morgen wieder gemeinsam durchstarten und einen schönen – weniger vernebelten – Tag verbringen!"

Schlusswort

Ende gut – alles gut?

Nicht immer und nicht für alle Betroffenen. Einzelnen von uns geht es langsam besser. Die meisten aber sind weit von "gut" entfernt. Sie kämpfen immer noch mit den Folgen der Erkrankung, gegen Vorurteile in der Ärzteschaft, um Glaubwürdigkeit in ihrem sozialen Umfeld, um ein Mindestmaß an finanzieller Absicherung und nicht zuletzt darum, trotz allem das eigene Leben zu gestalten.

Bei diesem Kampf unterstützen verschiedene Institutionen Betroffene und betreiben Aufklärungsarbeit. Wir von Limitkunst schätzen diese Arbeit sehr und spenden den gesamten Ertrag aus dem Buchverkauf an:

1. Deutsche Gesellschaft für ME/CFS e. V.
2. NichtGenesenKids e. V.
3. Fatigatio e. V.

Wir freuen uns, dass auch Sie mit dem Kauf dieses Buches einen Beitrag der Unterstützung leisten!

Ihr Team von Limitkunst
www.limitkunst.de

Edition

LIMIT
KUNST

ESTD. 2023

Autor:innenverzeichnis

Literaturverzeichnis

Götz, M. (2024). *Gefühlswelträume: Gedichte mit Long Covid* (Edition Limitkunst Ausg.). Deutschland: story.one.

Kelly, A. (2024). *Gwarinas Hoffnung* (Edition Limitkunst Ausg.). Berlin, Deutschland: story.one.

Kelly, A. (2024). *Teilzeit-Bettprinzessin* (Edition Limitkunst Ausg.). Berlin, Deutschland: story.one.

Meyer, V. (2024). *Grüße von Anderswo* (Edition Limitkunst Ausg.). Deutschland: story.one.

Rabenbauer, I. (2024). *Plötzlich gerät dein Leben ins Wanken* (Edition Limitkunst Ausg.). Deutschland: story.one.

Rabenbauer, I. (2024). *Winterwunder, Bahndammdrama und weitere Kindheitserinnerungen* (Edition Limitkunst Ausg.). Deutschland: story.one.

Ring, K. (2024). *Frau Möwe und ich* (Edition Limitkunst Ausg.). Deutschland: story.one.

Salmann, J. (2024). *Gemeinsam-Gedichte (in Zusammenarbeit mit anderen Limitkünstler:innen)* (Edition Limitkunst Ausg.). Deutschland: story.one.

Salmann, J. (2024). *Gesichter-Geschichten* (Edition Limitkunst Ausg.). Deutschland: story.one.

Salmann, J. (2024). *Grenzenlos-Gespräche Leben ohne Long Covid* (Edition Limitkunst Ausg.). Deutschland: story.one.

Schreibreisenden, D. (2024). *Die Zuversicht ist ein scheues Reh*. Deutschland: story.one.

Sinning, M. A. (2022). *Energiesparmodus: Mein Leben mit LongCovid 2*. Deutschland: BoD.

Sinning, M. A. (2022). *Wie Schneewittchen im Sarg: Mein Leben mit LongCovid*. Deutschland: BoD.

Sinning, M. A. (2023). *Jakob hinkt nicht mehr*. Deutschland: BoD.